I0657224

10 79 (

CLAIRE HÉBERT,

HISTOIRE

D'UNE CAPTIVITÉ,

PAR

ALEXANDRE BRONIKOWSKI,

TRADUITE

PAR A. LOÈVE-VEIMARS,

TRADUCTEUR DES ROMANS

DE ZSCHOKKE ET DE VANDERVELDE.

TOME PREMIER.

PARIS,

URBAIN CANEL, LIBRAIRE-ÉDITEUR,

RUE DES FOSSÉS-MONTMARTRE, N° 3.

1828.

LA MORALE EN ACTION

DES

FABLES DE LA FONTAINE.

Collection de Vignettes

DESSINÉES

PAR HENRI MONNIER ET GRAVÉES PAR THOMPSON.

———————

Des critiques, aveuglés par la mauvaise
foi ou l'amour du paradoxe, ont vivement
attaqué les Fables de La Fontaine ; à les en
croire, leur moralité prête beaucoup à l'é-
quivoque : par une interprétation forcée, ils
y ont en effet trouvé en apparence des conseils à l'égoïsme, à la violence, à la lâcheté ;
aussi se sont-ils récriés sur l'usage où l'on
est de les mettre entre les mains des enfans.
La raison publique a fait justice de ces atta-
ques. Les fables ne sont certes pas à la por-

tée de l'enfance ; et leur lecture ne sert qu'à la familiariser avec les richesses et la flexibilité de la langue. La Fontaine est le livre des hommes faits, de ceux qui savent sentir et penser. Pour ceux-là, il supplée tous les traités de morale, toutes les utopies de philosophie.

C'est à ces admirateurs, à ces amis de La Fontaine, que nous offrons aujourd'hui une série de gravures d'un genre nouveau.

Dépouillant la moralité de chaque fable de l'ingénieux emblème sous lequel La Fontaine s'est plu à la cacher, le spirituel M. Henri Monnier, dont un célèbre artiste, M. Charles Thompson, s'est chargé de reproduire les dessins, a mis en quelque sorte en action la pensée du poëte ; ainsi il applique au temps présent des leçons qui seront de tous les âges ; en effet, par le temps qui court, le *Chêne* qui rompt ressemble assez à l'arrogant ministre ; le modeste et inamovible expéditionnaire au *Roseau* qui plie. Le gros et insolent laquais, mis en regard du fier mais étique cultivateur, ne rappellent-ils pas bien le *Loup* et le *Chien*? On conçoit combien cette manière piquante de parler à la fois aux yeux et à l'imagination, donne d'intérêt à cette collection de Vignettes.

Il n'existe pas une bibliothèque, quelque petite qu'elle puisse être, où les Fables de La Fontaine n'occupent la première place. Notre but, en publiant des gravures qui s'adaptent à toutes les éditions et à tous les formats, a été de donner le moyen d'embellir même les plus simples.

L'ouvrage sera imprimé sur papier cavalier vélin d'Annonay, dans le format in-8°, et paraîtra par livraison de quatre Vignettes, au prix de 1 fr. 25 c.

Deux livraisons sont en vente ; la troisième et la quatrième sont sous presse.

On souscrit chez URBAIN CANEL, rue des Fossés-Montmartre, n° 3.

EXTRAIT DU CATALOGUE

D'URBAIN CANEL,

RUE DES FOSSÉS-MONTMARTRE, N° 5.

CINQ-MARS, ou une Conjuration sous Louis XIII, par M. le comte A. de Vigny; troisième édition, revue et corrigée. 2 vol. in-8°. Prix, 12 fr. pap. ordinaire, 15 fr. pap. d'Annonay satiné.

CLÉMENT XIV ET CARLO BERTINAZZI, correspondance inédite; troisième édition, augmentée de notes historiques, d'une lettre retrouvée, et ornée d'une vignette représentant le tombeau de Clément XIV, par Canova. 1 vol. in-8°.... 6 fr.

LE DUC DE GUISE A NAPLES, ou Mémoires sur les Révolutions de ce pays en 1647 et 1648; 2e édition. 1 vol. in-8°..................... 6 fr.

Un peuple entier se soulève et proclame son indépendance. Ce peuple a pour chef Mazaniello, simple pêcheur : il l'assassine parce qu'il est tiré de son sein. Un autre chef se présente : c'est Guise,

noble, héritier d'une race si féconde en héros. Il
tombe au moment de toucher à la monarchie :
telle est la révolution dont l'auteur de ce livre fait
connaître les motifs et les ressorts, développe les
circonstances et les détails dans une narration
fidèle, vive et pittoresque. Révolution que Richelieu désira sans pouvoir la faire naître, dont Mazarin ne sut pas profiter, et qui tint l'Europe
attentive.

HISTOIRE DE LA SAINT-BARTHÉLEMY, d'après les chro-
niques, mémoires et manuscrits du seizième
siècle. 1 vol. in-8°.................. 6 fr.

PENSÉES, maximes et caractères, par M. A. Du-
fresne. 1 vol. in-8°.................. 6 fr.

SCÈNES CONTEMPORAINES laissées par la vicomtesse
de Chamilly ; deuxième édition, augmentée du
18 brumaire, et ornée de deux dessins litho-
graphiés par M. Henri Monnier. 1 vol. in-8°.
Prix .... 7 fr.

TABLEAUX POÉTIQUES, par M. le comte J. de Resse-
guier ; deuxième édition. 1 vol. in-8°, ornée de
deux vignettes.................... 6 fr.

Le ROI a daigné souscrire à cet ouvrage vraiment remarquable.

———————

COLLECTION

DES

ROMANS ALLEMANDS

TRADUITS

Par M. Loève-Veimars.

TOME TRENTIÈME.

PARIS. — IMPRIMERIE DE GŒTSCHY,
RUE LOUIS-LE-GRAND, N. 27.

ROMANS

DE

ALEXANDRE BRONIKOWSKI,

TRADUITS PAR

LE TRADUCTEUR DES ROMANS

DE

ZSCHOKKE ET DE VANDERVELDE.

———

Tome Premier.

———

CLAIRE HÉBERT.

CLAIRE HÉBERT,

HISTOIRE

DU TEMPS DE LOUIS XIII,

PAR

ALEXANDRE BRONIKOWSKI,

TRADUITE

PAR A. LOÈVE-VEIMARS,

TRADUCTEUR DES ROMANS

DE ZSCHOKKE ET DE VANDERVELDE.

—◦◦◦◦◦—

TOME PREMIER.

—◦◦◦◦◦—

PARIS,

URBAIN CANEL, LIBRAIRE-ÉDITEUR,

RUE DES FOSSÉS—MONTMARTRE, N° 3.

1828

CLAIRE HÉBERT.

———◆———

(Der Gallische Kerker.)

(Dresde. — 1826.)

I.

CLAIRE HÉBERT.

CHAPITRE PREMIER.

Les Martigues.

Ce fut le quatorzième jour de mai de l'année 1638, qu'un voyageur traversa sur un canot le golfe de Saint-Chamans en Provence, se dirigeant vers la petite ville de Les Martigues.

Les jours précédens avaient été orageux; mais alors l'air était tranquille. La tour grise du château qu'on nommait *la Tour du Bouc*, dorée par les rayons du soleil couchant, se réflétait dans les eaux du golfe; une épaisse fumée s'élevait en longues colonnes, des forges dont était couverte la petite île qui s'étend au milieu du canal vis-à-vis de la ville et du château, et les voiles d'une galère qui était à l'ancre dans une petite anse, et prête à appareiller, pendaient immobiles le long des mâts. Le pavillon de ce navire portait le lion rouge couronné de la cité de Gênes, et les cris de manœuvre que poussaient en langage italien les gens de l'équipage, retentissaient sur la surface des ondes.

Le canot avançait rapidement à l'aide des rames. Le voyageur s'y te-

nait debout, paraissant perdu dans
ses réflexions; et bien qu'il pressât
de temps en temps les deux rameurs,
ses regards ne se portaient que rare-
ment sur le terme de sa traversée, sur
la petite ville de Les Martigues, dont
les riantes habitations s'étendaient le
long de la rive, à demi cachées par
des plantations d'oliviers et de vignes.
Ses yeux se fixaient plus souvent d'un
autre côté, sur le château, ou en arrière sur la galère, et alors quelques
paroles inintelligibles s'échappaient
de ses lèvres. Plusieurs fois ses rameurs cherchèrent à lier conversation avec lui, mais il était trop distrait
pour les écouter, ou il n'était pas assez
familier avec la langue d'Oc pour les
comprendre : aussi ses deux Provençaux, fort communicatifs comme leurs
compatriotes, étaient-ils obligés de
répéter plusieurs fois leurs phrases

avant qu'il leur répondit par quelques monosyllabes dans la langue
d'Oui, prononcées brièvement et avec
un accent étranger.

On venait d'arriver dans une petite
rade située devant la ville; l'étranger
s'enveloppa davantage dans son manteau, tendit aux bateliers leur salaire,
qui, à en juger par leurs remercie-
mens, leur plaisait davantage que son
langage laconique; et s'élançant à bas
du canot, il gravit d'un pas rapide la
rive escarpée, en se dirigeant vers la
place du marché qui s'ouvrait en am-
phithéâtre devant le canal. Ce lieu
était fort animé; un grand nombre
d'individus, plus considérable qu'on
ne se serait attendu à le trouver dans
une ville aussi petite, se tenait sur
la place, les uns rassemblés en grou-
pes, les autres s'agitant en différentes

directions, tous les yeux tournés vers la rade. L'étranger s'approcha d'une maison au-dessus de la porte de laquelle était suspendu un écusson orné de trois lis, avec cette inscription : « Aux armes de France. » Mais au moment d'entrer, il parut prendre un autre parti et se plaça devant la porte, sur un banc de pierre, le dos appuyé contre un large figuier dont les rameaux ombrageaient l'entrée de l'édifice. Là, il s'abandonna à de tristes pensées, ne s'apercevant nullement qu'un grand nombre de ceux qui se trouvaient sur la place, s'étaient attroupés autour de lui, et le regardaient avec curiosité.

Le voyageur paraissait âgé d'environ vingt-cinq ans. Il était bien fait et d'une apparence agréable, quoique la couleur blanche de son visage le

fit paraître un peu blafard au milieu
de tous ces bruns Provençaux : la fa-
tigue du voyage et d'autres causes
avaient au reste contribué à augmen-
ter sa pâleur naturelle. Il portait à
la vérité un grand chapeau orné
d'une plume selon la mode du pays,
et son manteau qui couvrait ses autres
vêtemens était d'une forme française;
mais ses cheveux courts entièrement
différens des longues chevelures bou-
clées qu'on portait en France au
temps de Louis XIII, et l'absence de
la petite barbe pointue qu'on nommait une *Royale* d'après la mode in-
troduite par le dernier roi Henri IV,
lui donnaient un aspect étranger. La
pointe étincelante d'un fourreau qui
passait sous son manteau, semblait
aussi appartenir plutôt à un sabre
courbé qu'à une épée droite à la française. — Il y avait peu de temps qu'il

se trouvait sur le banc, livré à ses réflexions, lorsqu'une très-jeune personne, fille de l'hôte de l'écu de France, s'approcha de lui pour lui demander s'il désirait quelque chose. Mais lorsque Claire, ainsi qu'on nommait la jeune fille, eut envisagé ses traits, elle parut confondue et embarrassée; elle se retira d'un pas, indécise et ne sachant si elle devait lui parler ou non. En ce moment, l'étranger leva les yeux et la salua amicalement comme une connaissance. Au même instant, une voix cria de l'extrémité du marché : Oh! oh! ils tournent déjà la langue de terre de la Bastide. Dans un quart d'heure, au plus tard, ils seront ici!

Tout le monde se mit à courir vers la rade, et la jeune fille se trouva seule avec l'étranger.

— Eh! bien, bonsoir, mademoiselle Claire, comment vous en va? lui dit-il en souriant. La jeune fille répondit avec vivacité : Ainsi je ne me suis pas trompée, vous êtes le seigneur qui est venu ici il y a six jours avec un autre dont on dit en tous lieux qu'il est l'empereur romain, ou bien comme ils le nomment le bey de Tunis, et qui a voulu prendre Toulon et Marseille avec notre vieille vilaine tour du Bouc là-bas? Qu'est-ce qu'il peut avoir contre celle-là, je n'y comprends rien!

— Hélas! dit l'inconnu, ce n'est pas lui qui a pris votre vilaine tour du Bouc, c'est elle qui l'a pris. Il n'est pas non plus empereur, et encore moins bey de Tunis, comme vous le savez sans doute, belle Claire, puisqu'il a beaucoup parlé avec vous et

qu'il prenait tant de plaisir à vous
voir.

— Pour ce qui est de cette dernière
chose, dit Claire, je n'ai pas voulu le
croire, quoiqu'en aient dit les gens
du seigneur de Chantereine qui rô-
dent par ici. Il n'avait pas l'air turc
du tout; il parlait le français aussi
bien que nous autres; et quand il a
rompu son pain chez nous, j'ai bien
vu qu'il faisait le signe de la croix, et
c'est ce que ne font pas les Turcs.

— Ainsi, reprit l'étranger, le seigneur de Chantereine a beaucoup de
monde ici?

— Environ deux cents cavaliers; et
ceux qui sont venus ici m'ont dit que
le roi était bien en colère contre le
seigneur qui était avec vous, comme

aussi monseigneur le cardinal et monseigneur de Valois.

—Celui qui était avec moi, répondit l'étranger, n'a jamais offensé le roi Louis, et quant à la colère du cardinal et du gouverneur de Provence, il ne fera qu'en rire.

—Pour Dieu, messire, pensez à ce que vous dites! Le comte de Valois est un bien puissant seigneur, et pour ainsi dire du sang royal, malgré..... Allons, vous me comprenez bien. Et il est bien actif, car je le connais, moi, puisque je suis servante chez madame de Valois, et que je vais y retourner maintenant que ma mère est guérie. Et le cardinal, quand j'y songe! —Ah! il faut que vous veniez de bien loin, pour que vous osiez ne pas le craindre.

— Je viens de loin aussi, répliqua l'étranger, et d'un pays où l'on n'apprend guère ce que c'est que craindre.

— Tout cela est bel et bon, reprit la jeune fille en lui présentant un verre ; mais si j'ai un conseil à vous donner, buvez vîte et dépêchez-vous de partir. Il est vrai que vous êtes un étranger, mais je ne voudrais pas qu'il vous arrivât du mal ; car vous et l'autre, vous devez être innocens, puisque le seigneur de Chantereine est votre ennemi. A vous le dire en confidence, il ne vaut pas grand'-chose, et je ne l'aime pas trop, ni ma maîtresse non plus, quoiqu'il ait beaucoup de pouvoir sur l'esprit de monseigneur de Valois et qu'il soit capitaine de ses gardes. C'est pourquoi il ne fait pas bon pour vous de rester ici.

— Que je vous dois de reconnaissance pour l'intérêt que vous me té-
moignez, dit l'étranger, en lui prenant amicalement la main; mais il
faut que vous me souffriez encore un
peu ici, je veux voir mon cher maître
qui va bientôt passer; ce qui arrivera
ensuite....

— Silence! dit Claire en l'interrompant. Voici deux de ceux dont je
vous parlais. — Et elle entra précipi-
tamment dans la maison.

Un instant après, deux hommes
qui s'entretenaient avec chaleur, sortirent par la porte de l'auberge. Tous
deux, ils étaient encore jeunes, l'un
portait un pourpoint de cavalier de
drap brun, un chapeau ombragé d'une
plume également brune, et une immense épée qui pendait à son côté;

l'autre était vêtu comme un bourgeois
aisé de ce temps, son long surtout
était de couleur grise foncée, et une
petite barette de feutre noir couvrait
sa tête. Cependant l'expression de
leur visage ne semblait nullement
s'accorder avec leur costume. Dans
les traits maigres et tirés de celui qui
paraissait un homme de guerre, se
voyait une expression de finesse et
d'astuce, et tout en parlant, il faisait
souvent en étendant ses doigts de
son menton à sa bouche et soufflant
sur leur extrémité, un mouvement
jadis employé en Europe pour indiquer un triomphe. Le visage du bourgeois portait au contraire l'expression
de la rudesse, et ses mouvemens lourds
et décidés annonçaient la brusquerie;
cependant quand il parlait on recon-
naissait facilement un homme habitué à se trouver en meilleure compa-

gnie et à mener une vie exempte de
soins et de soucis.

— Comme je vous le disais, messire Lenormand, dit le cavalier, l'o-
rage ne pouvait venir plus à point.
Déjà depuis Gênes j'attendais une
occasion, et je l'aurais bien trouvée
vu le peu de défiance du seigneur,
si le Saoli que j'avais décidé à nous
recueillir moi et quelques autres
braves jeunes gens, pour nous déposer dans le premier port, n'avait pas
été si pressé. Mais je n'ai pas eu long-
temps à attendre. Le gros temps nous
força de toucher près de St-Turpin,
et il ne m'a pas été difficile de persua-
der au seigneur de profiter de cette
occasion pour visiter la fameuse ville
de Marseille, je n'ai pas non plus
manqué d'envoyer un exprès aux
sires du magistère, afin qu'ils fissent ce

qui leur semblerait bon. Et nous
arrivâmes ainsi dans le faubourg où
je fis lever en toute diligence mes
parens qui sont enterrés depuis long-
temps, et où j'en fis mourir un qui
n'avait jamais vécu.

— Comment cela, messire Godefroi? dit le bourgeois en riant.

— Cela veut dire, que je dis à celui de là-bas que j'avais tué quelqu'un
en duel dans la ville, et que je ne
pouvais me laisser voir pendant le
jour; j'ajoutai que je ne voulais que
me glisser de nuit dans la ville pour
aller embrasser mes chers parens
que je n'avais pas vus depuis long-
temps, et que je reviendrais delà le
rejoindre dans le faubourg où il pourrait m'attendre. — La chose arriva
de la sorte, seulement moi, au lieu

de me rendre à la maison paternelle,
je me rendis à la maison de ville, où
on me tint long-temps pour me faire
des questions inutiles. Cependant au
lever de l'aurore, j'étais déjà en route
pour revenir, avec bonne escorte.
Mais pendant ce temps le diable
avait poussé dès le point du jour
l'homme de là-bas, à s'en aller à la
messe, et son serviteur dans un ma-
gasin de marchand. Comme il y
était, il entendit jaser les gens, et il
apprit que l'arrivée de son maître
était déjà connue et qu'on voulait
l'arrêter. Aussitôt il se met à courir,
va l'avertir, et tous deux descendant
au port, y trouvent la chaloupe du
vaisseau qui avait eu le temps d'arriver, s'y jetent en peu de momens, et
se trouvent à bord. Vous pouvez penser, Lenormand, comme je fus enragé,
lorsque je me trouvai sur le rivage

avec mes gens, regardant le navire
qui partait, par un bon vent, pour
Barcelonne. Je maudis dans ma colère la lenteur des sages sires de Marseille, et me remettant en selle, je
partis au galop pour me rendre à
Lambesc, chez monseigneur de Valois. Là j'appris que le calme avait
achevé ce qu'avait si bien commencé la tempête; la galère avait été forcée d'entrer dans le canal de Berre;
et l'oiseau avait été attiré dans la
tour du Bouc où le retenait le vieux
Nargoni. Le seigneur de Chantereine
m'ordonna alors de me rendre chez
messire l'intendant de Provence, et
je me remis en route pour Champe-
netz où je devais témoigner que l'oiseau que nous tenons en cage est un
aigle blanc. Vous savez le reste. Je
vais partir tout de suite pour Aix, et
ensuite pour Avignon. Les ordres du

seigneur de Chantereine vous ap-
prendront ce que vous avez à faire.

— Bon, bon messire Godefroi!
repondit le bourgeois, je les suivrai
ponctuellement.

Le cavalier s'éloigna, et le bourgeois l'ayant accompagné à quelque
distance, après avoir examiné attentivement la rade, revint sous le
figuier où l'étranger se promenait de
long en large, dans une violente
agitation.

CHAPITRE II.

Le Prisonnier.

— Bonsoir, messire! dit le Provençal, après avoir jeté sur lui un regard scrutateur. Vous êtes aussi venu sans doute pour voir le bey de Tunis que l'on va conduire par ici?

L'étranger parut sur le point de répondre avec quelque vivacité; cependant il se remit promptement et dit: sans doute ce sera un spectacle bien curieux.

En ce moment, Claire s'approcha, les joues chargées de rougeur, tenant à la main une assiette sur laquelle se trouvaient du pain et des fruits. Elle les offrit au voyageur, mais lorsqu'il étendit la main pour les prendre, elle lui fit signe à la dérobée, en secouant la tête d'un air mécontent. Celui-ci s'inclina en la remerciant et sourit avec finesse, car ce qu'il avait entendu suffisait pour le mettre sur ses gardes. Le bourgeois s'approcha de lui pour entamer un dialogue, mais lorsqu'il essaya de le faire, l'étranger ne lui répondit que par des monosyllabes, et prenant un air de mauvaise humeur, se mit à pester contre le pain et le vin, comme s'il les trouvait de mauvaise qualité. Claire se mit à rire et lui dit : Le vin est bon et le pain aussi; mais il y a quelqu'un ici qui ne vaut pas grand'-chose.

Lenormand se retourna avec colère, mais apercevant la jeune fille, il parut étonné, et ôtant sa barette, il lui dit avec politesse : Eh! demoiselle Claire, quel merveilleux hazard me procure l'honneur de vous voir dans la petite ville de Les Martigues? Vous plaisez-vous mieux dans ce petit coin que dans le beau palais de Lambesc, chez la haute et puissante comtesse de Valois?

— Je suis venue ici, répondit Claire d'un ton un peu brusque, je suis venue ici pour avoir soin de ma mère malade, et il n'y a rien là de merveilleux. Tâchez seulement, maître Lenormand, que les affaires qui vous amènent à Les Martigues, ne soient pas plus mauvaises.

— C'est le service du roi! répondit celui-ci, en prenant une mine d'importance.

— Ah! reprit la jeune fille en riant, le roi a beaucoup de choses à faire avec vous. Allez, allez, mon ami, il y a loin de vous au roi Louis XIII, et le roi qui vous envoie ici, n'est autre que le seigneur de Chantereine. — Elle prononça ces dernières paroles avec une inflexion de voix particulière, et en jetant un regard d'intelligence sur l'étranger.

— Il faut toujours que vous plaisantiez, répondit le bourgeois d'un air presque enjoué. Gardez-vous seulement, aimable Claire, que je ne vous accuse à Aix auprès de maître Valentin.

— Laissez-moi tranquille avec votre maître Valentin, dit Claire en rougissant extrêmement et avec un dépit plus marqué; et allez plutôt voir ce que c'est que ce bruit qu'on entend sur la rade.

En effet, une multitude de voix faisait entendre ces cris : Voici la galère! — Ils arrivent! — Où est le bey! — Voyez-vous l'empereur!

Lenormand s'éloigna aussitôt et gagna l'endroit où avait lieu le tumulte. Claire s'approcha alors de l'étranger, qui s'était enfoncé davantage

sous les rameaux du figuier, et lui
dit : Gardez-vous de cet homme; c'est
le plus méchant de tous. Si vous per-
sistez à rester ici, soyez bien prudent.
Je ne sais comment cela se fait, mais
je ne voudrais pas, pour tout au
monde, qu'il vous arrivât du mal, à
vous et — elle s'approcha et reprit :
à l'autre seigneur. Déjà, depuis deux
jours, que de vilains bruits se sont
répandus du château, j'ai prié sainte
Marie-Magdelaine de la sainte Baulme
de vous préserver dans ce pays où
vous êtes étrangers.

— Oui, nous sommes étrangers,
ma chère Claire, et sans défense contre les actes de violence. Aussi je veux
me recommander à la protection de
tous les saints, et vous demander la
vôtre pour un jour ou deux.

— Ne plaisantez pas, messire étranger, répondit la jeune fille. Claire Hébert est bien jeune encore et de basse condition; mais le secours vient souvent d'une faible main.

— Dieu me préserve de plaisanter en cet instant, ma chère Claire, vous verrez bientôt que je parle sérieusement.

— Ah! mon Dieu, s'écria la petite Hébert, qu'est-ce que tous ces gens qui viennent là.

L'entrée de l'auberge des Trois Lis se remplit de gens de guerre, qui environnaient un certain nombre d'hommes vêtus d'une façon étrange: Les uns portaient de longs surtouts, inconnus en ce pays, formés d'étoffe précieuse, pardessus un étroit juste-au-corps en soie, dont les manches

collantes passaient sous les manches
découpées de leur robe ; des bonnets
d'une forme particulière presque tous
ornés de plumes de héron couvraient
leur courte chevelure ; de larges cein-
turons d'étoffe d'or et d'argent artis-
tement brodés de fleurs et d'images
d'animaux, ceignaient leurs reins et
soutenaient un fourreau vide auquel
manquait son arme. Quelques-uns
d'entr'eux portaient le costume de
docteur allemand, avec le court manteau drapé, la fraise plissée et le chapeau arrondi ; d'autres étaient vêtus
comme des ecclésiastiques. Claire jetait des regards curieux sur les
hommes qui s'avançaient sous le figuier, entourés de leur escorte et du
peuple, et elle se cachait en même
temps derrière l'étranger.

— Les connaissez-vous ? dit Claire.

à voix basse à celui-ci qui se retirait
sous l'ombre du feuillage, en cachant
son visage de ses deux mains.

—Oui, je les connais, répondit-il;
ce sont, et pourquoi le nierai-je, ce
sont mes frères et mes compagnons
de souffrance!

A ces mots, Claire abaissa, en sou-
pirant, ses regards vers la terre.

Cependant la garde avait investi
l'entrée du marché, et repoussait à
grands coups de hallebarde la foule
qui s'efforçait de pénétrer en avant.
Un des prisonniers, homme d'un âge
avancé, qui portait un riche juste-au-
corps à l'espagnole de couleur bleue
foncée, et pardessus un court manteau rouge orné d'une grande quan-
tité de tresses d'argent, rencontra

par hazard les regards de l'étranger qui se tenait avec Claire sous les branches les plus éloignées, le regarda avec attention et prononça quelques mots en langue étrangère, auxquels celui-ci répondit à voix basse. Le vieillard resta quelques instans à réfléchir, baissa la tête comme pour approuver, et se retira en arrière. Au même instant, des fanfares de trompettes se firent entendre à l'autre extrémité du marché. Un long cortége s'avança d'une rue latérale commandé par un homme en habit de cavalier, dont la voix rude et forte retentissait au loin. Puis arrivaient huit à dix hommes dans le même costume que les étrangers, l'un d'eux était à cheval et les autres marchaient derrière son coursier. Une troupe de cavaliers, au nombre de cent environ, les suivait de près. Celui des prisonniers

qui était à cheval avait encore l'apparence de la jeunesse; il était d'une
haute stature, mais d'une taille frêle,
et son visage portait les marques de
l'abattement et de la langueur. Cependant ses yeux lançaient des regards étincelans, et se portaient autour de lui avec dédain et mépris. Il
se tenait à cheval avec toute la grâce
d'un écuyer consommé, et souvent
le fougueux animal qu'il montait se
dressait avec son cavalier, comme si
celui-ci, dans son impatience, eût enfoncé les éperons dans ses flancs.

Un bonnet de velours amaranthe,
surmonté d'une haute plume de héron, flottant au gré du vent, et que
retenait une chaîne de diamans pas-
sée plusieurs fois autour de la toque,
couvrait sa tête. Une chaîne semblable à laquelle était suspendue une

toison d'or brillait sur son surtout
de velours bleu pâle dont les larges
manches ouvertes tombant par derrière laissaient voir un pourpoint
d'étoffe blanche à fleurs d'or. Sa large
ceinture de soie de Perse soutenait un
sabre recourbé, dont la poignée était
ornée de rubis, et ses jambes étaient
couvertes de courtes bottes rouges
munies d'éperons d'argent.

Lorsque les regards de Claire tom-
bèrent sur ce jeune homme, elle tres-
saillit et s'écria d'une voie émue :
C'est lui! c'est lui-même! ô mon
Dieu!

Celui qui se tenait auprès d'elle
garda le silence, mais son émotion
se trahissait par ses yeux qui sor-
taient de leur orbite, et par la con-
traction de sa lèvre inférieure.

— Dites-moi, oh! dites-moi quel
est ce pauvre jeune homme qu'ils
emmènent !

— Pourquoi renierai-je mon maître, comme l'a fait Pierre, répondit
l'étranger après un instant de réflexion ; celui que vous voyez là,
bonne demoiselle, est l'auguste Jean
Casimir Wasa (1), fils de Sigismond III, roi de Pologne et de Suède,
et frère de Wladislavs IV, qui gou-
verne aujourd'hui les peuples entre

(1) Jean Casimir, fils de Sigismond III et
de Constance d'Autriche, sœur de Ferdinand II, empereur des Romains. Il naquit
à Cracovie en 1609, monta sur le trône après
la mort de Wladislavs IV, son beau-frère,
et épousa, en 1643, Marie-Ludovique de
Gonzague, veuve du prince de Mantoue et
de Nevers. Il abdiqua en 1668, après un
règne très-malheureux, et, malgré ses qua-

la Baltique et la mer Noire. Cet autre en habits ecclésiastiques, avec
une croix de diamans sur sa poitrine,
continua-t-il sans remarquer le gé-
missement étouffé qui s'échappa du
sein de Claire, et la pâleur de ses
joues, c'est le vénérable seigneur
Alexandre, comte Konopacki, abbé
de Wonchocy, ambassadeur impé-
rial à la cour de Madrid et évêque
élu de Warmie qui accompagne le
prince mon maître, par dévouement
pour l'illustre maison de Wasa, et qui

lités personnelles, prépara, par les troubles
intestins et les guerres avec la Suède, la dé-
cadence du royaume. Il mourut à Nevers en
1672, revêtu de la dignité d'abbé de Saint-
Germain-des-Prés, après avoir épousé, par
dispense du pape, la veuve du maréchal de
l'Hôpital, femme de basse condition, mais
qui se rendit célèbre par son esprit et la sin-
gularité de sa vie. (*Note de l'auteur.*)

ne l'abandonnera pas dans l'infortune
et la captivité. Celui qui porte un
surtout couleur d'olive, avec une
large barbe frisée, est Gotthard Buttler, chambellan de Cracovie et grand-
maître du prince ; le jeune homme
qui se retourne et menace de la
main le seigneur de Chantereine,
avec un air de mépris et de colère, se
nomme Gonzague Myszkowski, marquis de Mirow (1). Les autres sont des

(1) Ferdinand Gonzague, de la maison
des ducs de Mantoue, dont une branche latérale resta en Pologne avec Catherine d'Autriche, veuve de François Gonzague, duc
de Mantoue, et épouse de Sigismond II,
Jagellon, était parent de Marie de Mantoue,
qui devint plus tard roi de Pologne. Cette
race est éteinte ; cependant le marquisat de
Gonzague à Mirow, fort diminué, il est vrai,
est passé, par les femmes, aux aînés de la famille Wielopolski. (*Note de l'auteur.*)

hommes et des jeunes gens des plus
nobles familles polonaises, serviteurs
et écuyers de mon grâcieux maître,
si l'on en excepte le père et les personnes en habits de docteurs alle-
mands et italiens qui sont George
Leyer de la compagnie de Jésus, le
secrétaire particulier Basio, le chi-
rurgien et le médecin du prince.

— Je vous remercie, dit Claire,
après un moment de silence, durant
lequel elle semblait s'efforcer de cacher ce qu'elle éprouvait. Je vous remercie beaucoup pour la confiance
dont vous avez honoré votre servante. Vous ne vous en repentirez
pas, car.....

Une bruyante altercation interrompit la jeune fille. Le cortège s'é-
tait avancé près de la maison, et le

prince ayant aperçu dans la foule le vieillard en costume espagnol qui venait de parler à l'étranger, lui fit signe de la main en l'appelant. Le vieillard accourut aussitôt aux ordres de son maître, mais le capitaine lança son cheval, et lui barra le chemin.

— Où allez-vous si vite ? lui demanda t-il d'une voix tonnante.

— Le prince m'appelle auprès de lui, répondit le serviteur. Le seigneur de Chantereine leva alors une baguette qu'il tenait à la main et en frappa le vieillard sur la tête et les épaules. A cette vue, Jean Casimir fit sentir l'éperon à son cheval, d'un bond le poussa vers le capitaine, et lui demanda d'une voix étouffée par la colère : D'où vous vient une telle audace ?

Celui-ci répondit froidement : Je
punis cet homme parce qu'il s'est approché de votre altesse sans ma permission.

— Je le lui avais ordonné ! répondit fièrement le prince de Pologne.

— Ce n'est pas à votre altesse,
mais à moi d'ordonner ici , dit le capitaine.

— Ainsi, reprit le prince, d'un
ton expressif ; ainsi ce n'est pas une
garde d'honneur qui m'environne,
comme vous le prétendiez fausse-
ment, et je suis un prisonnier?

Le seigneur de Chantereine haus-
sa les épaules, et dit : Rien autre
chose !

— S'il en est ainsi, s'écria le prince d'une voix haute et avec un geste plein de dignité , s'il en est ainsi, ce n'est pas moi que je plains, mais la France qui flétrit sa gloire devant le monde et la postérité par un tel manque de foi!

Mais les paroles de Jean Casimir furent couvertes par les clameurs de la multitude à qui l'on avait fait croire que le prince avait été pris au moment où il faisait des tentatives pour s'emparer du port de Toulon.

Le cortège s'était arrêté devant une vaste et antique maison inhabitée, contre laquelle l'auberge des Trois-Lis était adossée. Le seigneur de Chantereine annonça à son prisonnier qu'il était arrivé à son gîte pour cette nuit, et les hommes d'ar-

mes et toute la troupe disparurent par
les portes ouvertes. Samuel Opacki,
l'étranger, resta seul sous son figuier.

Claire Hébert ne tarda pas à s'approcher de lui : Puisque vous voulez
rester ici, dit-elle, permettez que je
vous fasse mon prisonnier. L'arme
recourbée que vous portez là est in-
connue dans ce pays, et attirerait facilement les yeux de quelque batteur
de route. Vous ferez donc aussi bien
de me la confier pour que je la
garde, et soyez assuré qu'aussi long-
temps que vous serez dans la maison
de la veuve Hébert, il ne vous arrivera aucun mal.

Samuel lui remit son sabre et lui
dit en riant : La prison que vous
m'offrez chez vous belle Claire, con-

viendrait mieux à certain autre que
celle où il se trouve ; conduisez-moi
donc dans la maison pour que j'y
passe la nuit, car je suis résolu à ne
pas quitter Les Martigues, avant que
je sache ce qu'on aura décidé sur le
prince, mon seigneur et maître.

Ils entrèrent dans la vaste salle de
l'auberge où la veuve Hébert, encore épuisée par une longue maladie, était assise dans un fauteuil,
près de l'immense cheminée, dans
laquelle une chaudière suspendue
par une chaîne de fer au-dessus du
foyer, contenait une soupe dont l'o-
deur forte affecta agréablement les
sens du Polonais, en dépit de son
chagrin et de sa lassitude. L'hôtesse
répondit à son salut par quelques paroles obligeantes, et Claire, portant
avec précaution le sabre sous son ta-

blier, sortit pour aller préparer le souper. Pendant ce temps, un colloque s'engagea entre sa mère et Samuel Opacki.

— Le seigneur étranger, dit la veuve, ne se trouvera pas fort à l'aise dans ce vieux nid de chauves-souris, où les portes et les fenêtres ne ferment jamais bien et dont toutes les cheminées fument. J'ai souvent songé à réparer la vieille grande maison qui se trouve auprès de celle-ci et à y porter mon ménage, car celle-ci est étroite et incommode ; mais cela n'a jamais pu se faire. Les temps sont mauvais, et une pauvre veuve abandonnée a assez de soucis, sans se donner celui de bâtir. Mais s'il se trouve un jour un brave homme pour ma Claire, il pourra réparer la vieille maison, et il aura une aussi belle au-

berge qu'il peut s'en trouver tout le
long des côtes.

— Cette grande maison est donc
votre propriété, dit le Polonais qui
l'avait écouté avec attention.

— Sans doute, elle m'appartient;
et le seigneur Chantereine aurait bien
pu parler à l'hôtesse, puisqu'il lui
plaisait de s'y établir avec une si
grande suite. Mais personne ne s'oc-
cupe du bon droit et de la propriété,
dans ces temps d'affliction, et quand
quelqu'un a envie de faire quelque
chose, il dit qu'il agit au nom de
monseigneur le cardinal, et il faut
bien le laisser faire.

En ce moment, quelques cavaliers
du seigneur de Chantereine rentrè-
rent dans l'auberge, et demandèrent

une chose et l'autre, pour un des ecclésiastiques qui s'était trouvé subitement malade.

— Ayez un moment de patience,
messieurs, répondit l'hôtesse; ma fille
vous donnera tout à l'heure ce qu'il
vous faut.

Les soldats après avoir rôdé quelques instans dans la salle, se retirè-
rent.

— Claire, dit l'hôtesse à la jeune
fille qui entrait, tant que tu seras
ici, il faudra que tu te donnes de la
peine. Va et prépare bien vite une
infusion de marjolaine et de serpolet,
pour les compresses, et une petite
cruche d'hypocras.

La jeune fille se mit aussitôt en de-

voir d'aller exécuter cet ordre; Samuel la suivit et lui dit quelques
mots à voix basse. Claire s'arrêta et
l'écouta avec attention, son petit
doigt sur ses lèvres de rose et balan-
çant sa tête, de droite et de gauche.
Puis elle sourit, lui fit un signe de
consentement et dit: Bien, bien,
je ferai ce que vous me demandez!

CHAPITRE III.

Le Cousin Blaise.

Un profond silence régnait dans
la maison voisine de l'auberge, où
l'on avait renfermé les prisonniers.
On entendait seulement retentir les
pas des sentinelles dans les corridors

à demi ruinés, qui étaient parcimo-
nieusement éclairés par de grandes
lampes de fer. Devant une des portes,
dont les deux battans ornés de sculptures gothiques semblaient indiquer
une entrée principale, se trouvait
un double poste, et le seigneur de
Chantereine qui venait de le visiter,
s'éloignait en cet instant par une is-
sue latérale. Le bruit des pas de
plusieurs personnes se fit entendre
sur les marches, et un soldoyer de
la garde parut une lanterne à la
main. Il était suivi par une jeune
fille en costume bourgeois et par un
jeune homme, vêtu d'un court pourpoint, avec un tablier vert, sembla-
blable à ceux des garçons d'auberge.
Il portait une chaudière fumante et
des bandes de toile ; la jeune fille
portait une petite cruche d'eau de
marjolaine.

Les sentinelles placées devant la porte, s'écrièrent à demi voix : Qui vive ?

— France ! répondit le soldoyer.

Alors les trois personnes passèrent le seuil et se dirigèrent vers une autre porte placée plus loin, et la jeune fille remit à l'homme au tablier vert ce qu'elle portait, en lui disant : « Allons, Blaise, entre là dedans, et dépêche-toi pour que ma mère ne gronde pas. Il y a beaucoup de choses à préparer cette nuit pour le déjeûner de demain ; car ces messieurs veulent partir dès le lever du jour.»

Le soldoyer ouvrit alors la porte, fit entrer le garçon et s'en alla voir la jeune fille qui lui offrit de venir

boire un verre de Rivesalte en attendant que Blaise eut terminé sa
tâche.

Celui qui habitait la chambre, était
étendu sur un vieux lit de repos, et
lisait à la lueur d'une lampe, quelques papiers. C'était un homme d'environ cinquante ans. L'habit clérical
qu'il portait, sa tonsure et la croix
de prélat qui brillait sur sa poitrine,
indiquaient suffisamment sa profession. Une large barbe, bouclée en
longs anneaux, le distinguait seulement des prélats français de ce temps.
Lorsqu'il entendit le nouveau venu
s'approcher, il le salua en langue
française, lui fit signe de déposer sur
la table ce qu'il avait apporté, et prenant une bourse qui se trouvait auprès de lui, il en tira une pièce d'argent qu'il remit au jeune homme.

Mais celui-ci, au lieu de prendre l'argent, saisit la main qui le lui offrait, et dit à voix basse quelques paroles en langue étrangère.

Le prélat regarda ses traits avec étonnement, et dit d'un ton interrogatif : Opacki ?

— Oui, c'est moi, répondit l'autre à voix basse, et je me réjouis d'avoir trouvé le moyen de vous voir, vénérable sire.

— Ainsi vous n'êtes point prisonnier comme notre prince et les nôtres ?

— Non, vous savez que lorsque notre maître apprit à Marseille, la trahison de Godefroi et qu'il s'enfuit à bord du navire, je ne me trouvais pas avec lui, et que je dûs rester en

arrière. Comme j'étais familier avec
la langue du pays, je résolus de le
suivre le long des côtes et de louer
dans un des ports, une chaloupe jusqu'à Aiguesmortes où je comptais
suivre notre maître à Barcelonne. Je
trouvai tout le pays occupé du bruit
d'une invasion de Cosaques que devait diriger notre prince, contre un
port que personne ne pouvait dési-
gner. Parmi le peuple, il circulait encore de plus folles rumeurs, on faisait
de l'auguste Jean Casimir tantôt un
empereur des Romains, tantôt un
bey de Tunis. Lorsque j'arrivai à Jon-
quières, j'appris qu'une galère de
Gênes était entrée dans le golfe de
Berres, et que le commandant de la
tour du Bouc, ne voulait pas permettre au vaisseau de jeter l'ancre.
Je ne savais que trop bien qui portait
cette galère, et l'inquiétude me pous-

sait de côté et d'autre sur le rivage.
Dans l'après-midi, j'arrivai à la petite
ville de Les Martigues; je voulus prendre un bateau, résolu à partager votre
sort, et j'entrai dans une auberge
pour chercher un batelier qui vou-
lut me conduire à bord de la galère.
Mais je ne trouvai personne dans la
salle de l'auberge que deux seigneurs
vêtus de notre costume national; et je
reconnus bientôt dans l'un d'eux Ferdinand Gonzague, qui, léger comme
il est, me souhaita à haute voix la
bienvenue, et me montra en riant
son compagnon qui avait le dos tourné et parlait avec vivacité à la fille
de la maison, jeune personne charmante et pleine de modestie. Lorsqu'il se retourna, je le reconnus pour
Jean Casimir lui-même. Je saluai le
prince avec politesse, mais cependant sans lui témoigner tout le res-

pect que demande son rang, dans la
crainte de le faire reconnître. Mon
généreux maître me demnda d'où
je venais, et lorsque je lui eis dit que
je m'étais échappé de Marselle et que
j'étais venu pour me rendre à bord de
sa galère, il me répondit de n'en rien
faire. Bien qu'il ne crut pas, me dit-
il, que le roi Très-Chrétien néconnaî-
trait en sa personne le droit des gens;
comme le commandant de la tour
du Bouc, le vieux Nargoni lui paraissait un homme fort opiniâte, il était
bon, dans les circonstances incer-
taines, qu'il eût dans le voisinage
un serviteur discret et fidèle qu'il
put employer à quelque message
éloigné. Il ajouta que je ui serais
ainsi plus utile que dans nes fonctions de gentilhomme, n'ayant déjà
que trop de ces personnages autour
de lui.

Je passai quelques heures auprès du prince, durant lesquelles Jean-Casimir se montra de fort joyeuse humeur, causant beaucoup avec la petite Claire Hébert, et plus intimement que je ne l'ai vu faire avec aucune dame, si ce n'est avec madame Kazanowska, la femme du grand maréchal de la couronne. Ce n'est pas, il est vrai, le moment de rappeler de semblables choses; mais il faut que je vous dise, vénérable sire, que l'amitié du prince et de la petite Provençale, n'a pas fait mal; car elle parle sans cesse de lui, et c'est par elle que je suis arrivé jusqu'ici. — Le prince ne tarda pas à monter à bord de sa galère, et moi je me remis à roder sur la grève. Mais les bruits qui nous concernent deviennent sans cesse plus facheux, et ce que je vois ici ne les confirme que trop.

— Il n'est malheureusement que
trop vrai, repondit l'abbé Konopaki ;
et le comte de Valois ainsi que le
cardinal, ont mal justifié l'opinion
que son altesse royale et nous, avions
de la loyauté chevaleresque des Français qui était si célèbre il y a peu
d'années en Europe, au temps du
glorieux Henri, et qui parait maintenant éteinte sous le règne de son fils,
ou plutôt sous celui de l'orgueilleux
évêque de Luçon.

» A peine le prince fut-il revenu sur
la galère, continua Konopaki, qu'il
vint un message de Nargoni, le commandant du château, avec injonc-
tion à Saoli, le capitaine de la galère
génoise, de vouloir bien se rendre
au château pour conférer avec le
gouverneur au sujet des pirates afri-
cains qu'on avait signalés dans la

Méditerranée et d'autres choses qui concernaient la sérénissime république. Ce message, après tout ce qui était arrivé à Marseille, ne plut pas à Nicolo Saoli. Il remercia le seigneur de Nargoni de sa politesse, et lui fit dire de trouver bon qu'il le priât de mettre par écrit ce qu'il avait à lui communiquer, attendu que sa charge de capitaine de vaisseau ne lui permettait pas de quitter son bord où je me trouvais en qualité d'envoyé du roi de Pologne auprès de sa Majesté Catholique. Quelque temps après, l'officier porteur du message de Nargoni revint et s'exprima en d'autres termes.

» Le commandant, dit-il, était fort irrité du refus du capitaine. La conférence demandée par le gouverneur n'avait pas seulement trait aux affaires de la république, mais elle touchait encore les intérêts de son maître, et il ne convenait pas au capitaine, sans encourir une grave responsabilité, de se refuser à cette communication. — « Au reste, ajouta-t-il, les pièces du fort sont tournées sur la galère, et c'est à vous de voir ce que vous avez à faire. » Le capitaine se rendit alors dans la chambre du prince pour lui faire part de ces menaces et prendre ses ordres. Nous nous mîmes à nous consulter. Les Génois trouvaient l'invitation du gouverneur de fort mauvais augure et prétendaient qu'il fallait lever l'ancre à l'instant, et au risque de quelques boulets, gagner vîtement la pleine mer. J'étais aussi de cet avis, comme autrefois lorsque j'avais conseillé au prince, devant Marseille, de se défier de Godefroi; mais la plupart d'entre nous et Jean

Casimir lui-même, toujours trop con-
fiant, voulaient qu'on se rendît à
l'invitation de Nargoni. Il était impossible, disaient-ils, que les Français, connus par leur loyauté, mécon-
nussent le droit des nations dans la
personne d'un proche parent d'Anne
d'Autriche, leur reine, et dans le frère
d'un monarque. Les anciens démêlés
avaient été applanis par la paix de
Danzig, entre la Pologne et la Suède
par l'entremise même du négociateur
français, Claude de Mesmes, comte
d'Avaux, et l'ancienne amitié des
deux nations avait repris tous ses
droits. On ne pouvait non plus faire
un crime à un capitaine des vaisseaux
de la république de Gênes de conduire, sous pavillon neutre, un ambassadeur polonais à Barcelonne, et
il fallait attribuer la conduite du
gouverneur à un mal-entendu. Saoli

se rendit donc au château. A peine y
fut-il entré, qu'on l'arrêta; tant était
bien placée notre confiance dans la
foi et la loyauté de la France!

» Nous passâmes la nuit dans le plus
grand trouble et dans le plus grand
désordre. Le jour suivant, c'était le
10 de mai, le prince m'appela dans
sa chambre et m'ordonna de me rendre au château pour demander l'explication de cette conduite hostile. Il
pensait que le caractère ecclésiastique
dont je suis revêtu et l'inviolabilité
de ma personne comme ambassadeur
de son royal frère, me défendraient
de tout outrage. J'obéis à sa volonté.
En arrivant au château, le commandant me reçut, il est vrai, avec politesse; mais j'appris bientôt que j'étais
prisonnier comme Saoli. Le seigneur
de Nargoni me conduisit dans son

cabinet, et lorsque je lui eus fait les
représentations que j'avais à lui faire
sur cette violation du droit des gens,
il me répondit que la cause de l'arrestation de notre navire n'était autre
qu'un ordre exprès de Louis, comte
de Valois, gouverneur de Provence.
Celui-ci avait appris que le prince de
Pologne se trouvait sur ce bâtiment,
et il regardait comme injurieux pour
la courtoisie et l'hospitalité bien
connues de la nation française, de
laisser éloigner un si grand prince
sans lui rendre les honneurs qui lui
étaient dus. Le gouverneur devait
arriver le lendemain, et il priait Son
Altesse de se rendre au château, où
elle trouverait les mêmes commodités
qu'à bord de la galère. Il espérait
que le prince ne se refuserait pas à
agréer ce témoignage de respect. —
Après avoir parlé de la sorte, le vieux

sire ordonna que six barques sortissent avec des soldats pour entourer le navire.

» Vous pouvez penser, mon cher Castellanic (1), que je n'ai pas eu besoin de ma longue expérience des cours, pour comprendre le sens des complimens du seigneur de Valois. Mais il fallait supporter le sort que nous gardait le ciel, et j'adressai à Son Altesse une lettre dans laquelle je lui conseillais de se résigner aux politesses du gouverneur plutôt que de courir à une ruine certaine. — Jusqu'à l'arrivée de ma lettre, je passai de tristes momens. Je voyais des

(1) Titre du fils d'un castellan, ou sénateur de seconde classe, dans l'ancienne Pologne.

(*Note de l'auteur.*)

créneaux du château, les embarca-
tions environner la galère; les canons
étaient braqués dans cette direction
et les constables à leurs piéces la
mêche allumée. Le vieux Nargoni se
promenait en donnant des marques
d'impatience et de colère. Un mouvement suspect du vaisseau, un signe
du commandant; et l'espoir de la
maison de Wasa, le descendant de
tant de princes, était anéanti pour
jamais! — Bientôt, je vis un canot
s'approcher du navire, plusieurs personnes y monter, et mes craintes se
dissipèrent.

» Bientôt aussi parut Jean Casimir
avec Ferdinand Myszkowski, Got-
thardt Buttler et Théodore Denhoff.
Il salua avec une froide dignité Nargoni qui venait au-devant de lui, s'a-
vança vers moi, et me serrant la main,

me dit en souriant: *Quò fata trahunt,
retrahuntque sequamur* (1)!

» Le commandant cherchait mala-
droitement à excuser ce qui s'était
passé, et à obtenir quelques paroles
du prince; mais celui-ci se tenait en
silence auprès d'une fenêtre, et lui
tournant le dos, suivait des yeux la
course des nuages sombres qu'un
vent violent qui s'élevait de la mer
chassait au loin. L'impatience sembla
alors gagner le vieux commandant;
il dit au prince qu'il était fort étonné
que Son Altesse se fût risquée à venir, sans permission du roi Très-Chrétien, en France, dans un temps où
les guerres agitaient si terriblement
l'Europe.

(1) « En quelque lieu que nous entraîne
le destin, nous saurons obéir! »

» A ces mots, Jean Casimir se retourna et lui dit avec fierté : «Je puis vous étonner, messire le capitaine; mais je suis encore plus étonné que le frère du roi de Pologne, qui est l'ami de votre roi, ne puisse se réfugier en sûreté dans vos ports contre la tempête. Au reste, je vous défends de témoigner davantage votre étonnement en ma présence.

» Nargoni s'inclina profondément, et répondit en souriant d'une façon ironique : Mon dessein n'est pas non plus de me rendre importun à votre Altesse. Monseigneur le gouverneur de Provence ne tardera pas à arriver ici; pendant ce temps, Votre Altesse voudra bien séjourner dans ce château, car alors même qu'il lui serait permis de s'éloigner, ce qui n'est nullement le cas, comme j'ai l'hon-

neur de le lui apprendre, la tempête
qui s'est élevée rendrait en ce moment impossible son retour sur la
galère. — A ces mots, il quitta la
chambre. »

— Comment est-il possible, dit
Opacki, en interrompant le prélat,
comment est-il possible que la couronne de France méconnaisse le droit
des nations, que ses publicistes ont
si clairement expliqué? J'ai bien entendu parler d'un droit de naufrage
sur les côtes sauvages de la Norwège;
mais qui viendrait chercher les usages des barbares dans le pays de
France? Je ne puis croire que le fils
du grand Henri maltraite ainsi le
frère d'un roi. Il se peut qu'il ignore
ce qui se passe ici et qui n'est que
l'effet du faux zèle d'un soldat gros-
sier. Dès que la nouvelle en viendra

à Saint-Germain, le roi punira l'injure faite à tous les princes dans la personne du nôtre, et aux droits des ambassadeurs dans votre personne, vénérable comte.

— Que j'aime l'esprit de la jeunesse, M. l'écuyer, répondit Alexandre Konopacki en souriant d'un air mélancolique. Elle croit toujours qu'une chose doit se faire parce qu'elle est juste. Mais soyons brefs, les momens accordés à notre confiance s'écoulent rapidement, et ne reviendront peut-être pas de longtemps. Le hasard qui vous a excepté du sort que nous subissons tous, peut devenir utile pour l'intérêt de notre maître, et je me fie sur votre loyauté, votre prudence et votre courage pour faire tourner cette circonstance à l'avantage de l'auguste

maison de Wasa. Ecoutez donc bien
ce que je vais vous dire. La situation
du prince est plus dangereuse que
vous ne le pensez. Louis XIII ne
ressemble pas à son illustre père, le
sang coule lentement dans ses vei-
nes ; et aucun sentiment élevé n'a jamais pénétré dans son âme rétrécie.
Ce n'est pas l'exercice de la première
des vertus royales, mais une froide
insensibilité qui lui a acquis le sur-
nom de juste. Fils dénaturé envers
sa mère, époux dur et souvent cruel
pour sa femme Anne d'Autriche,
ennemi acharné de son frère, il les
a tous déroyalement (1) abandon-
nés à la vengeance du cardinal qu'il
haït en tremblant. Les échaffauds
de son royaume ruissellent encore

(1) *Unkœniglich*. On pardonnera ce mot
au traducteur, en faveur de l'exactitude.

du sang des plus nobles têtes ; c'est
en vain que la voix de l'Europe entière s'est élevée en faveur du duc de
Montmorency ; c'est en vain que son
amitié timide parlait pour Charles
de Talleyrand, prince de Chalais ;
ils ont péri par la main du bourreau.—D'autres, non moins illustres
remplissent encore les cachots de la
Bastille et le château de Vincennes,
et le jour de la délivrance, est encore éloigné pour le maréchal de
Bassompierre, pour le commandeur
de Jars, le marquis de Laville, pour
Vautier et tous les amis de Marie de
Médicis qu'il a exilée, et d'Anne
d'Autriche qu'il outrage. Pouvez-vous
espérer que celui qui a sacrifié toute
sa famille à la haine d'un prêtre san-
guinaire, qui a livré les amis de sa
jeunesse, au glaive du bourreau et
aux verroux des geôliers, que le traî-

tre couronné qui est encore prêt à im-
moler de sang-froid à l'idole qu'il
abhorre, ceux qui se fient à son cœur
glacé, épargne, lorsque Richelieu
la demandera, la tête d'un étranger
dont la patrie est séparée de la France
par tant de forêts et de fleuves ? —
Croyez-vous que le droit des nations
soit quelque chose pour celui qui a
foulé aux pieds les droits du sang et
de l'amitié ! — Et ne doutez pas seigneur Opacki, que la haine du cardinal appuyée de la raison d'état, ne
se présente ici. Jamais le cardinal
dont les efforts de chaque jour, dont
les rêves de chaque nuit tendent à
la destruction de la maison d'Autriche, qui en poursuit les rejetons jusque dans la personne de sa propre
souveraine; jamais le cardinal ne
pardonnera au prince, d'avoir com-
battu contre la France, sous Mathias-

Gallas, pas plus que de s'être rendu
à Vienne après la paix de Dantzig,
lui beau-frère et fils d'archiduc. Déjà
à Dantzig, le comte d'Avaux m'avait
dit quelques paroles d'un sens profond. — Elles se sont accomplies. On
dit ici que le prince avait renouvellé
en secret à Vienne avec l'empereur,
les anciens traités, et qu'il va en Espagne pour revêtir la dignité de vice-
roi de Portugal et d'*Amirante* de la
flotte. On ajoute qu'il a rassemblé
cinq mille Cosaques depuis les Zapa-
rowes jusqu'au Dnieper, pour les faire
entrer au service du roi catholique,
et qu'il a été fait prisonnier non
comme prince, mais comme espion
déguisé, tandis qu'il observait les
ports de France. Tel a été le sens du
discours de Marescotti, sécretaire du
comte de Valois qui se fait excuser
de venir sous prétexte d'une indis-

position; et ce que fait entendre ce
Chantereine dont la bassesse se plaît
à s'attaquer à ce qu'il y a de plus
élevé.

Vous voyez donc maintenant seigneur Samuel combien vous pouvez
être utile au prince dans un pressant
danger. Ce n'est pas la puissance des
armes qui peut le sauver; avant que les
armées de la couronne aient traversé
la moitié de l'Europe, un attentat serait déjà consommé. L'intervention
de la Suéde et des puissances italien-
nes pourrait sauver Jean Casimir.
Mais je suis rigoureusement gardé et
hors d'état de l'aider de mes conseils
et de mes actions. Je ne sais si l'on
craint d'avoir à rembourser les obli-
gations que j'apporte avec moi, si-
gnées par le grand Henri, par Chatil-
lon ancien amiral de France et par

Jeanne d'Albret reine de Navarre; bref ma mission est vue de fort mauvais œil à Saint-Germain. Mais puisque vous voilà pour vous charger de ce message, aussi important que ceux qui vous ont été confiés plusieurs fois, nous devons bénir le ciel qui a permis que vous ne vous soyez pas trouvé avec nous à Marseille.

Le jeune écuyer jura qu'il était prêt à sacrifier sa vie et son sang pour le prince et demanda si l'on connaissait la destination future de Jean Casimir?

— Demain, reprit le prélat, dès l'aurore, une tartane du roi nous conduira à Saint-Chamans, de-là nous serons transportés à Salon, dans la maison de l'archevêque d'Arles pour y rester jusqu'au retour du courier que le comté de Valois dépêche à Saint-Germain. Revenez dans notre voisinage, seigneur Opacki. L'or et l'argent semblent fort recherchés dans ce pays, et je trouverai bien le moyen de vous faire remettre à temps un message.

Ils s'entretinrent encore à voix basse des intérêts de leur maitre, tandis que le jeune Polonais s'efforçait de rendre d'une main inexercée à l'abbé de Wonchocy, les soins qu'exigeait sa maladie. Le bruit d'une clef que l'on introduit dans la serrure, se fit entendre au milieu de cette occupation, et la brune chevelure de Claire apparut à la porte.

Elle leur fit un signe des yeux, et dit d'une voix grondeuse : où restes-tu donc si long-temps, grand Blaise le maladroit? Il est donc vrai que quand on veut envoyer chercher la mort, il faut en donner la commission à un Auvergnat. Tâche d'en finir bientôt. Ma mère est déjà de mauvaise humeur.

Un long panache s'éleva en ce moment derrière la tête de Claire; au même instant, le seigneur de Chantereine entra dans la chambre, et s'écria d'une voix forte! Quel est ce garçon? — Que vient-il faire ici? Qu'il sorte? Il ajouta en se tournant vers le prélat: et vous mon révérend père abbé, vous abusez de ma complaisance et de ma bonté, en vous entretenant ici avec toute cette canaille, sous prétexte de je ne sais quelle maladie que dieu connait mieux que moi.

Seigneur de Chantereine, répondit le comte Alexandre avec mépris, les preuves que vous avez déjà données de votre bonté et de votre obligeance, ne nous laissent pas douter que vous ne vous intéressiez fort peu si nous sommes malades ou souffrants; mais si vous n'avez nul respect pour mon âge et ma profession, vous devriez, monsieur, avoir honte d'élever la voix d'une façon aussi grossière à deux pas de la chambre où repose le prince mon maître.

Le capitaine s'apprêtait à répondre, mais Claire l'interrompit : en vérité, voilà qui est bien, messire de Chantereine, dit-elle. Vous parliez tout à l'heure de canaille. Ouvrez donc les yeux et regardez devant vous. Je demanderai à la gracieuse dame de Valois, ma maîtresse, s'il vous convient de traiter de canaille, sa servante et mon cousin, l'honnête Blaise Maguiret de Clermont en Auvergne, qui est venu ici pour m'accompagner jusqu'à Lambesc, chez mes maîtres à qui je vanterai votre politesse, messire le capitaine.

Demi riant, demi fâché, le capitaine chercha à appaiser la favorite de la comtesse de Valois; mais elle ne daigna pas l'écouter, et appelant le jeune Opacki, d'un ton d'autorité, elle lui cria : allons Blaise, veux-tu lever maintenant les compresses? C'est bien le moment. Il n'y a pas au logis un brin de bois dans l'âtre, et il faut que dans deux heures le déjeûner du bey de Tunis soit préparé. Demain il y aura bien plus à faire, puisque tu sais que nous partons le soir pour Saint-Chamans. Allons, allons, grand cousin ! ce

n'est pas le moment de bayer aux
corneilles.

Et poussant Opacki par les épaules,
elle l'entraîna continuant de gronder
et de menacer le seigneur de Chantereine de la colère de sa maîtresse.

CHAPITRE IV.

La Prophétie.

Le jour suivant, au lever du jour,
l'escorte armée sortit de la grande
maison, et le prince et sa suite montèrent la tartane qui fit voile à travers
le golfe de Berre vers la ville de St.-

Chamans. — Claire Hébert sortit de l'auberge et suivit long-temps des yeux le navire; lorsqu'elle revint, ses yeux étaient plus rouges qu'à l'ordinaire, et elle se livra en silence à ses occupations. — La salle de l'auberge ne fut pas un seul instant vide, durant l'après-midi, des curieux étaient arrivés de tous les environs, assaillant la mère Hébert de questions sur le prince polonais et les gens si singulièrement vêtus qui avaient passé la nuit dans la vieille maison: Samuel Opacki qui avait conservé les habits de Blaise Maguiret, se tenait loin de la foule, et prêtait de temps en temps la main à sa jolie cousine d'adoption et à sa mère, pour faire honneur au tablier vert qu'il portait.

Lorsqu'un détail de ménage l'eut conduit vers le soir hors de la maison avec la jeune Provençale, il lui dit : Puisque me voilà une fois devenu votre grand-cousin, jolie Claire, et que je suis venu de Lambesc pour vous chercher, il faut que cela soit, et je veux vous y conduire, si vous consentez à vous mettre sous ma protection.

— Eh! sans doute, c'est une chose arrêtée, et vous me conduirez, dit la jeune fille à voix basse. Il vaut infiniment mieux pour vous en ce pays que vous portiez le nom de Blaise Maguiret que le vôtre, tout difficile à dire et distingué qu'il soit. Mais il faudra que nous causions un peu ici ensemble, car les choses ne sont pas encore trop claires pour vous. Ce soir, ajouta-t-elle, à voix haute, Claire Hébert et Blaise Maguiret partiront ensemble pour Saint-

Chamans, d'où ils iront à Saint-Lambesc. Ma mère le sait déjà.

La journée se passa en différentes occupations. Plusieurs fois, la mère Hébert prit le jeune homme à part, pour lui faire sentir toute la confiance qu'elle lui témoignait en lui permettant d'accompagner sa fille. Lorsque le soir fut arrivé, Opacki se trouva seul avec Claire et sa mère.

Claire était déjà prête à partir : Il est temps de se mettre en route, dit-elle, car le bateau est déjà là. Adieu, ma mère, portez-vous bien et pensez à moi. — Que Dieu te conduise petite folle ! répondit l'hôtesse, je ne veux pas t'empêcher de profiter de la bonne fortune que le Ciel t'a envoyée, en te mettant au service de nobles et hauts seigneurs comme le

comte et la comtesse de Valois. Seulement n'oublie pas ta mère; songe
à ne pas laisser le certain pour courir après l'incertain, et ne fais rien
qui puisse fâcher messire Valentin,
l'avocat au parlement.

— Oui, ma chère mère; j'y pense-
rai! répondit la jeune fille d'un ton
chagrin.

— Et vous, continua la mère Hébert, vous messire, vous êtes une personne de haute considération, puisque vous avez la faveur du frère de
votre roi, soyez donc généreux envers une pauvre fille qui se montre
si dévouée pour votre maître, et pro-
tégez-la comme une sœur et une
amie. Entendez-vous, monseigneur,
comme une sœur et une amie!

Les deux jeunes gens prirent congé

et se rendant sur la rade, montèrent dans un canot qui les attendait,
et qui partit aussitôt. Quelques étoi-
les se montraient déjà au Ciel sombre, un léger vent du sud ridait les
eaux du golfe et inclinant doucement la cîme des orangers et des
oliviers qui couvraient la rive, ap-
portait leur parfum jusque sur les
eaux. La petite ville de Les Martigues avec ses lumières, avait déjà disparu derrière les arbres, mais on
voyait encore la sombre et triste tour
du Bouc qui jetait son ombre sur la
surface du golfe. Sur la rive droite,
des pêcheurs étaient occupés à éten-
dre leurs filets pour la nuit, et leurs
chansons provençales retentissaient
au loin. Cependant le rivage devenait
peu à peu plus tranquille et les lumières des hameaux devant lesquels
ils passaient, plus rares. La barque

fendait rapidement les ondes, et l'enfant qui la conduisait se reposait souvent sur sa rame. Claire et son compagnon étaient assis en silence aux deux extrémités de la barque, et de temps en temps un soupir s'échappait du sein de la jeune fille. Mais bientôt elle releva sa tête appesantie, renoua les boucles de sa chevelure qui tombaient sur son front, et commença le chant suivant, dans la langue d'Oc :

Sur les flots agités, un malheureux rameur
S'efforçait, mais en vain ; d'échapper à l'orage ;
Le vent frappait les eaux, et la mer en fureur,
    N'avait plus de rivage !

D'un éclair tout-à-coup, brille la lueur propice,
Et le pauvre rameur, découvre, à sa clarté,
Des prairies, des vallons, un pays de délice :
    Il s'y croit transporté.

Mais toujours le ciel tonne, toujours l'orage gronde,
Et le triste rameur, bien au loin rejeté,

Que le vent assaillit, et que la vague inonde,
    Songe à l'éternité.

N'est-il, pauvre rameur, pour toi joie ni amours !
L'aviron trop pesant, que t'arrache la Parque,
Echappe et va sous l'onde, rejoindre pour toujours,
    Ta malheureuse barque.

Déjà tous les oiseaux, sous un ciel sans nuage,
Saluaient en longs accens, par l'écho répétés,
Le retour de la nuit, lorsque sur le rivage,
    Le rameur fut jeté.

Ses regards affaiblis, ne découvraient, au loin
Personne pour le guider, ni hameau ni village;
Etranger, sans secours, et en proie au besoin,
    Il errait sur la plage.

Voici qu'à l'horizon, notre pauvre rameur,
Découvre, plein de joie, une faible lumière;
Il marche, marche encore: Ah! quel fut son bonheur:
    C'était une chaumière.

Au rameur étonné, s'offre une belle fille,
Elle semblait une rose, sous son blanc vêtement:
Ses yeux étaient baissés, sa démarche gentille,
    Elle lui dit doucement :

» Ici, pauvre rameur, fuis un destin amer,
» Près de moi, dans ce jour, tu trouves sur cette plage,
» Ce que depuis long-temps, tu cherches de mer
            » en mer;
                    » De rivage en rivage.

—Je ne crois pas, dit Opacki, qu'une aussi bonne réception soit réservée sur les côtes de France aux pauvres naufragés, car celle qui nous a été faite était un peu rude et incivile.

— Qui sait, dit la jeune fille avec émotion. Peut-être le rameur n'a-t-il pas frappé à la bonne porte, ou s'est-il mal dirigé dans son chemin. Alors il ne faut pas qu'il se plaigne d'avoir erré sur le rivage, ajouta-t-elle en souriant. La jeune fille a peut-être passé la nuit à l'attendre sur la porte de sa chaumière ?

—Essayez un peu de m'attendre.

mademoiselle Claire, dit le jeune
étranger en plaisantant; vous verrez
si je tarde à venir. Je suis aussi un
pauvre naufragé, et la chanson sem-
ble vraiment faite pour nous deux.

— Sans doute, vous êtes un naufragé, dit Claire, mais, ajouta-t-elle
en l'interrompant et en prenant un
air grave, laissez-là ces propos et
songez à ce que vous a dit ma mère
en partant. Il ne convient pas que
j'écoute les douceurs d'un jeune seigneur, au milieu de la nuit et presque seuls sur l'eau; d'ailleurs, nous
avons beaucoup de choses à concer-
ter et il ne faut pas que nous per-
dions notre temps en badinages inutiles ; car en peu d'heures nous
serons à Saint-Chamans.

— En effet, demoiselle Claire, dit

Opacki, ce voyage n'est pas assez heureux pour que je me livre à d'agréables pensées. On ne devrait pas ajouter foi à de semblables croyances, ajouta-t-il après un moment de silence; mais il a répondu aux fâcheux pronostics sous lesquels il a été commencé. Lorsque nous montâmes à cheval à Varsovie, un astrologue s'approcha du prince, dans la cour du château, saisit son cheval par la bride, et lui cria en langue latine : « Seigneur, sur la route que tu vas suivre, défies-toi des Francs ! » Nous rîmes aux éclats de cette prophétie; mais maintenant je vois que le vieillard avait raison.

— On ne rit pas ainsi des prédictions dans ce pays ! dit Claire. Le roi et les grands seigneurs de Paris et de Saint-Germain en font grand cas; et le roi a même un astrologue qu'il consulte dans les cas embarrassans. Au reste, vous avez certainement entendu parler de Nostrodamus, mon compatriote? — Quant à moi, je crois volontiers aux prédictions, surtout après ce qui m'a été prédit il n'y a pas long-temps.

— On ne vous a certainement rien prédit que de bon et d'agréable, dit le jeune écuyer : un mari beau et riche ou quelque chose d'approchant sans doute? Car les devins de cette sorte se trouvent partout, et avec une jolie fille comme vous, demoiselle Claire, ils n'ont pas peur que leurs prédictions ne se réalisent pas.

— Epargnez-vous toutes ces galanteries, cousin Blaise Maguiret,

vous n'avez pas touché juste. Il était
bien question de quelque chose
comme cela, mais cela était tourné
si merveilleusement et d'une façon
si embrouillée, que j'ai bien pleuré
et bien ri en même temps du beau
bonheur qui m'était annoncé. Ecoutez seulement, on dit que votre pays
est celui des enchanteurs et de la
féérie, peut-être pourrez-vous m'ex-
pliquer tout cela?

Il y a à-peu-près un an, continua
Claire, que j'étais à la foire d'Aix,
la noble comtesse de Valois m'avait
permis, ainsi qu'à quelques autres
de ses servantes, d'aller nous pro-
mener devant les boutiques, et elle
nous avait donné à chacune un petit
présent pour acheter ce qui nous
ferait plaisir. — Comme nous étions
là à marchander des rubans, des col-

liers et toutes sortes de bagatelles,
tout-à-coup on entend sur le marché
un grand bruit de tambours basques,
et nous voyons venir une troupe de
Bohémiens ou de ghitanos comme
nous les nommons, avec des habits
bariolés et faisant claquer des casta-
gnettes. Une de nous se mit alors à
dire qu'il serait bien amusant de demander à ces visages bruns notre
bonne aventure, et de leur faire dire
quels maris nous aurions. Cela nous
plût à toutes, nous nous appro-
châmes de la plus jolie fille de la
troupe, et nous lui fîmes notre pro-
position. Mais elle nous répondit
bien solennellement que le grand esprit ne l'avait pas encore jugée digne
de prédire l'avenir ; et elle nous
montra une vieille femme à qui, dit-
elle, rien de ce qui se passait et de
ce qui se passerait sous le soleil n'é-

tait inconnu. Nous allâmes à elle, et
après avoir examiné les lignes des
mains de mes compagnes, elle leur
promit, comme vous disiez tout à
l'heure, des maris excellens. A l'une,
c'était un beau guerrier brun, à
l'autre, un riche marchand, à une
troisième un savant et ainsi de suite.
La joie fut grande, chacune récom-
pensa la vieille du mieux qu'elle le
pût, et elles se mirent à se taquiner
en cherchant parmi leurs connais-
sances qui pouvait être l'heureux
mortel. Enfin ce fut mon tour; j'arrivai la dernière, car je me tenais un
peu éloignée de la vieille qui me faisait peur. Cependant je m'approchai
pour ne pas faire autrement que
mes compagnes. La vieille ghitana
regarda long-temps les traits de mon
visage, prit un air sérieux, réfléchit
et me demanda ensuite à voix basse

et d'un air de respect, la permission
d'inspecter l'intérieur de ma main.
J'étais toute saisie d'effroi et je son-
geais à m'échapper, mais la honte
me retint, une foule de monde s'é-
tait attroupée et me regardait avec
curiosité. La vieille examina quelque
temps ma main, et son visage prit
un air encore plus sombre; tout-à-
coup, elle abandonna mon bras et
tomba si subitement à mes genoux
que je poussai de grands cris de
terreur et que tout le monde se re-
cula avec inquiétude. Mais la vieille
restant toujours à genoux, commença
avec de grands témoignages de respect, une longue prédiction dont je
n'ai rien compris que cela : je n'aurai
pas seulement un mari, mais j'en
aurai un grand nombre, quatre ou
cinq, je crois, qui me mèneront aux
honneurs et aux richesses; mais mon

bonheur, arrivé à son comble, me
conduira à l'hôpital, que je ne quit-
terai que pour me marier avec un
roi et un prêtre. — Comment trou-
vez-vous cette prédiction, seigneur
étranger, vous chargez-vous de l'ex-
pliquer?

— La prophétie est passablement
merveilleuse, dit Opacki en riant;
mais en de semblables choses, il ne
faut croire que la moitié; et je vous
conseillerais de vous y tenir, belle
Claire, bien qu'elle ne soit pas fort
agréable pour votre premier mari.

— Ainsi cela vous paraît ridicule,
cousin Maguiret? dit Claire à demi-
fâchée. Pour moi, cette prédiction me
sembla fort triste, et le parut aussi à
mes compagnes; car, soit qu'elles fus-
sent fâchées du respect que m'avait té-

moigné la vieille Bohémienne , soit
qu'elles craignissent quelque chose de
fâcheux pour la pauvre Claire, elles me
regardaient toutes avec compassion ,
et se parlaient entr'elles à voix basse.
Cela me rendit encore plus chagrine.
Et vraiment j'avais bien sujet de l'être;
passe encore pour ce grand bonheur
qui doit mener à l'hôpital ; mais me
marier avec un prêtre ! Que Dieu m'en
préserve !

— Comme je vous l'ai dit , tenez-
vous en aux premières paroles de la
Bohémienne ; peut-être le grand esprit l'a-t-il quittée pendant son long
discours, et ne savait-elle plus à la fin
ce qu'elle disait.

— Non , non , messire, si la moitié
en est vraie, le tout doit l'être. Je crois
moi, que le roi qui doit me faire quit-

ter l'hôpital, est la mort qui règne sur
toute la terre, et que l'ecclésiastique
est le prêtre de l'hospice qui conduira
la pauvre fille à sa couche éternelle!
—Elle se mit quelques instans à réfléchir et reprit : je ne sais pas non plus
d'où me viendrait un roi ; car messire
Pierre Valentin, avocat au parlement
de Grenoble, ressemble aussi peu à
une tête couronnée, que le petit batelier que voilà, ressemble au cardinal de Richelieu.

—Ce qui n'existe pas encore peut
arriver, dit le Polonais en riant ; il y
a des couronnes de toute espèce, et
si ce petit batelier n'en a pas encore,
un jour peut-être....

—Si c'est une plaisanterie, dit sérieusement Claire, vous pouvez vous
l'épargner, messire.

A ces mots elle se retourna en boudant, et le reste du voyage se fit presque toujours en silence.

La lumière commençait déjà à se montrer à l'orient, et un léger vent matinal agitait la surface du golfe, lorsque la nacelle s'approcha d'une langue de terre chargée de vignes et de citronniers; la jeune Provençale reprit alors sa bonne humeur.

— Nous sommes déjà à la pointe des Quatre-Frères, dit-elle, et là derrière se trouve la ville de Saint-Chamans. Parlons donc de ce qu'il faut faire, plus tard peut-être, l'occasion nous manquerait. Ainsi, vous êtes le fils de la sœur de ma mère, Blaise Maguiret de Clermont en Auvergne, clerc ès-arts. Votre accent vous servira (1). Voilà ce que j'ai fait de vous, et ce qu'il faut que vous restiez. Vous êtes venu à Martigues pour m'accompagner à Lambesc, et obtenir, par la protection de votre humble servante, auprès de la comtesse de Valois, un emploi dans l'intendance royale ou dans le gouvernement de Provence. Votre père, Jean-Baptiste Maguiret, écrivain à la généralité de Clermont, et votre mère, Marie-Magdelaine Hébert. Ils sont morts tous les deux. Vous n'avez ni frère ni sœur,

-----

(1) C'est une chose généralement connue que les hommes du nord, et surtout les Polonais, lorsqu'ils parlent parfaitement la langue française, conservent un accent semblable à celui des bourgeois bien élevés de l'Auvergne, à moins qu'un long séjour à Paris ne leur ait fait contracter le grasseyement particulier à la capitale de la France.

(*Note de l'auteur.*)

et vous comptez vingt-deux ans. Le
reste se trouve dans le portefeuille
que je vous remettrai. Le lieu de votre
séjour sera Lambesc ou Aix, qui sont
également à peu de distance de Salon.
S'il arrivait quelque chose qui de-
mandât de nouvelles combinaisons,
vous vous rendriez à Avignon, chez
la mère Sylvain, votre cousine et la
mienne. N'oubliez pas ce que je vous
ai dit; et maintenant, grand cousin,
débarquons !

CHAPITRE V.

La Gouvernante de Provence.

Le palais de l'archevêque d'Arles,
dans la petite ville de Salon, inhabité
depuis long-temps, parce que le possesseur se tenait, comme tous les prélats français de ce temps, dans le

voisinage de la cour, à Paris ou à Saint-Germain, présentait en ce moment un tableau animé. Les appartemens étaient encombrés par la suite du prince, et une garde de cent hommes se relevait sans cesse sur le portail, et occupait les degrés et les passages intérieurs. Quinze jours s'étaient écoulés, et le courrier envoyé à Saint-Germain, n'était pas de retour ; le gouverneur n'avait non plus, pas encore paru devant le prince. Jean Casimir envoya alors son secrétaire particulier, Andréa Basio, au comte de Valois, à Lambesc, pour le prier de lui permettre d'envoyer à Paris un de ses serviteurs avec une lettre adressée au roi Très-Chrétien.

Samuel Opacki qui était arrivé à Lambesc avec son charmant guide, s'était retiré dans une petite maison

et y vivait conformément à sa nouvelle condition, attendant le moment
où Claire Hébert jugerait convenable
de le présenter à sa maîtresse, la
comtesse de Valois.

Cette dame était une demoiselle de
Bouteville de la maison de Montmorency, et elle partageait la haine que
cette famille, profondément outragée, gardait au cardinal de Richelieu;
secrètement toutefois, car Louis de
Valois, son époux, était un instrument aveugle dans la main du tout
puissant ministre.

Elle avait été attachée autrefois,
en qualité de demoiselle d'honneur,
à Anne d'Autriche. Lorsque la haine
du cardinal força la reine à éloigner
de sa personne toutes les personnes
qui lui étaient chères, comme made-

moiselle d'Hautefort, que le roi aimait à sa manière, Hortense de Bouteville fut aussi obligée de quitter le
Louvre. Elle dut se trouver heureuse
d'épouser le comte de Valois, dont
la protection n'était que trop nécessaire au rejeton d'une illustre maison,
délaissé par sa famille, et à qui la
princesse de Condé elle-même, sœur
du malheureux Montmorency, avait
refusé son appui.

Un jour que le jeune Opacki se
trouvait dans sa petite chambre où
il cherchait à calmer son impatience
par l'étude, on frappa doucement à
sa porte, et un petit garçon entra en
lui demandant s'il était bien Blaise
Maguiret, clerc ès-arts?

Samuel lui ayant répondu affirma-
tivement, le petit garçon lui remit

un billet en disant : C'est de votre cousine, la demoiselle Hébert. — Et il sortit.

La lettre contenait ce qui suit : « Dans deux heures, le cousin Blaise » se rendra au château, pour être » présenté à haute et puissante dame » comtesse de Valois, par sa protec- » trice Claire. »

Samuel mit le plus bel habit du cousin Blaise et se rendit au palais.

Il trouva Claire dans l'antichambre. Elle alla au-devant de lui sans embarras, le prit par la main en présence d'un grand nombre de serviteurs qui se trouvaient là, et lui dit : Bonjour, cousin. Eh ! comme te voilà paré. Tu as bien fait ; quand on doit paraître devant une belle et grande dame, rien n'est trop beau, vois-tu. Tâche de ne pas rester embarrassé, surtout. Qui sait, ajouta-t-elle d'un ton expressif, qui sait si l'humble et modeste clerc ès-arts ne deviendra pas un brave et joyeux guerrier? Alors, il faudra se donner une tournure. Cela ne gâte rien et se trouvera tout seul quand tu seras revenu de Paris, où tu iras sans doute volontiers pour réclamer notre part d'héritage dans la succession de feu notre cousin Antoine Bassillon, le bonnetier de la rue d'Enfer, dans le faubourg Saint-Jacques. Me comprends-tu bien, cousin Blaise?

Le Polonais étonné n'avait pas encore eu le temps de répondre, lorsqu'une sonnette appela la jeune fille dans les appartemens intérieurs. Claire partit rapidement, revint

quelques instans après, prit son
cousin par la main, et quelques momens après, il se trouva en présence
de la comtesse de Valois.

La belle dame jeta un regard de
complaisance et de bonté sur le fils
du castellan de Sendomir, et dit en
souriant à Claire : C'est donc là ton
cousin d'Auvergne? Le sang n'est
pas mauvais dans votre lignée. —
Vous voulez donc entrer au service,
ajouta-t-elle en s'adressant à Opacki.
Vraiment, vous avez choisi là une
puissante patronne qui m'a dit beaucoup de bien de vous.

Lorsque le Polonais se fut incliné
avec respect et en silence, elle reprit:
Pour quel état vous sentez-vous porté, jeune homme?

—Vous voyez, gracieuse dame,

dit Claire en interrompant avec vivacité sa maîtresse, que mon cousin
n'est pas beau parleur, aussi moi je
pense qu'il n'est bon qu'à faire un
soldat.

— C'est un méchant métier dans
ce temps, que celui auquel tu des-
tines ton cousin, dit la dame. Les
gens de guerre qui couvrent la France
ne valent guère mieux que les Con-
dottierri et les Armagnacs dont on
faisait de si vilains récits dans les
temps passés : une pareille compagnie gâte bientôt les meilleures
mœurs.

— A quelque chose que vous me
destiniez, dit le Polonais avec quelque contrainte, je me montrerai
digne de votre faveur et de votre
protection; et si vous le permettiez,

je désirerais fort d'échanger la plume contre l'épée.

—C'est aussi ce qu'un jeune homme peut faire de mieux, dit Claire avec feu, et surtout c'est ce qu'il y a de meilleur pour le cousin. Il aura l'occasion d'aller à Paris, où vous savez, noble dame, que nous avons un petit héritage à recueillir. —Vous avez bien entendu, ajouta-t-elle d'un ton indifférent, que l'Italien qui est venu aujourd'hui chez monseigneur et qui est le secrétaire du prince polonais resté à Salon, doit aller à Paris et qu'on se propose de le faire accompagner par un homme sûr. Voilà mon cousin Blaise tout porté pour cela. Vous avez déjà dû remarquer, gracieuse dame, qu'il s'entend mal à manier la parole ; il n'en est que meilleur pour agir des mains, et je vous réponds que l'habit noir ne s'écartera avec lui en chemin, ni à droite ni à gauche. Laissez-le donc devenir soldat, grâcieuse dame; quand il reviendra, vous verrez à quoi vous voudrez l'employer, mais je ne puis pas souffrir un jeune homme qui n'a jamais porté une épée suspendue à un ceinturon, et qui ne sait pas s'en servir dans l'occasion.

— Prends garde, Claire, dit la comtesse en riant et la menaçant du doigt : si maître Valentin t'entendait! — Tu vas aussi trop vîte avec messire ton cousin, car si je le tiens pour propre à remplir ce message, d'après ton importante recommandation, penses-tu que monseigneur le comte et son Chantereine l'accepteront pour cela?

Aux premières paroles de la comtesse, Claire s'était agenouillée auprès d'elle, et appuyait d'un air flatteur sa petite tête blonde contre les plis de la robe de sa maîtresse. Elle leva ses regards et lui répondit d'une voix douce : Oh si vous le vouliez, grâcieuse dame, qui pourrait vous résister ? — Et, continua-t-elle d'une voix plus basse et d'un air de mystère, j'ai pensé en cela plus à vous qu'à moi et à celui que voilà. Ne vous souvenez-vous plus des lettres à mademoiselle de la Fayette, à la princesse Marie et à Cinq-Mars, le grand écuyer. Vous savez vous-même comme vous devez vous fier à Chantereine ou à quelqu'un de ses gens dans cette affaire au sujet de laquelle le grand homme de Ruel pourrait faire une vilaine figure. Pour mon cousin, j'en réponds ; il portera les lettres où vous le voudrez, et personne au monde n'en saura un mot. N'est-ce pas, cousin Blaise, dit-elle, en se tournant toujours agenouillée vers le jeune Polonais étonné et ému, n'est-ce pas que tu seras fidèle à la noble comtesse, et que tu donneras ta vie pour elle si elle consent à t'accorder sa protection ?

— Je donnerais mille fois ma vie pour ma bienfaitrice, s'écria avec chaleur le jeune écuyer de Jean Casimir, en dirigeant ses regards plutôt vers la servante que vers la maîtresse.

Celle-ci, répondit, après avoir réfléchi un instant : Tu as raison, Claire; vous avez raison mes amis ; et si le cousin m'est aussi dévoué et fidèle que la petite cousine, je lui serai une bonne et gracieuse protectrice.

A ces mots, elle baisa Claire sur le
front, fit de la main un signe de bien-
veillance au jeune homme, et passa
dans son cabinet. Lorsqu'elle se fut
éloignée, la jeune fille se releva vivement, s'approcha de son prétendu
cousin en souriant malignement, mais
les joues rouges et les yeux baissés,
et lui dit à voix basse : Les choses
vont assez bien ? N'ai-je pas bien fait
ce qu'il fallait faire, monseigneur?

Le jeune castellan prit pour toute
réponse, la main de la jeune fille,
et la pressa contre son cœur avec un
sentiment qui approchait du respect.

Lorsqu'ils revinrent dans l'antichambre, un petit homme pâle, à la
tête chauve, aux traits Italiens, ex-
pressifs et fortement arrêtés, et vêtu
d'un costume noir avec une chaîne

d'or sur la poitrine, sortait de la
chambre du gouverneur, avec le capitaine Chantereine. Samuel Opacki
se jeta de côté, car il avait reconnu,
au premier coup-d'œil, Andréa Basio, le secrétaire du prince de Pologne. Il était suivi par Marescotti,
secrétaire du comte de Valois, homme
grand et maigre, vêtu également de
noir ; et les deux Italiens descendi-
rent les marches en s'entretenant avec
chaleur. Samuel Opacki prit congé de
son amie, sans proférer une parole,
et regagna plein de joie, sa pauvre
demeure.

Dès le jour suivant, il fut mandé
auprès du seigneur de Chantereine,
qui lui annonça qu'il était reçu dans
la garde prévôtale du gouverneur de
Provence; et après quelques exercices
dans lesquels le jeune gentilhomme

polonais se montra plus expérimenté
que ses maîtres, on lui conféra le haut
grade d'anspeçade ou caporal. On lui
enjoignit en même temps de se tenir
prêt à partir pour Aix, où il trouverait des ordres.

Le lendemain le petit messager de
Claire Hébert vint l'avertir de se rendre dans le jardin du château. Elle
s'y trouvait déjà et le conduisit derrière une charmille.— Vous recevrez
dans un quart d'heure, dit-elle, l'ordre
de vous rendre à Aix où vous trou-
verez l'Italien que vous devez accompagner à Paris. Je vous remets les
dépêches de ma gracieuse dame que
vous ne remettrez qu'aux personnes
mêmes à qui elles sont adressées, afin
qu'il me soit possible par la suite de
vous servir ainsi que votre maître.
Allez, et ne soyez pas inquiet de votre

auguste et malheureux maître, il
lui reste ici une amie, qui.... Adieu,
cousin Blaise, que Dieu vous conduise!

CHAPITRE VI.

—

Le Voyage à Paris.

En arrivant à Aix où se trouvaient
les autorités de Provence, Samuel
apprit que l'étranger qu'il devait accompagner, était déjà depuis deux
jours dans la ville, mais que l'expé-

dition des passes le retiendrait jusqu'au surlendemain.

Le jour fixé pour le voyage, se
leva sombre et nébuleux. Le visage
caché par un manteau, le caporal
entra dans la cour de la Prévôté, et
y trouva celui qui allait être confié
à sa garde, occupé à serrer les cour-
rois de sa valise. Ils montèrent tous
deux en silence, à cheval, et sortirent des portes d'Aix pour gagner la
grande route de Paris, l'Italien en
avant, et son conducteur immédiatement derrière lui.

Lorsqu'il se trouvèrent à environ
deux lieues de la ville, ce dernier
s'écria : Andréa Basio ! signor Andréa !

— Qu'y a-t-il pour votre service ?

murmura le secrétaire intime, en re-
tenant son cheval.

— Retournez-vous donc un peu,
et parlez à votre compagnon, maître
Andréa, afin que l'ennui ne nous
gagne pas dans ce long voyage !
lui dit le jeune gentilhomme en pi-
quant son cheval, et s'approchant de
lui le visage découvert.

— *Santissimo nome d'Iddio !* s'é-
cria Bazio à qui, dans sa frayeur,
les brides échappèrent. Le seigneur
Samuel Opacki, l'honorable écuyer
de son altesse ! Comment vous trou-
vez-vous ici, et dans ce costume ?

— Mon costume n'est pas fort re-
commandable, cependant je suis toujours le bon ami de messire le secrétaire, et le loyal secrétaire de son
altesse.

L'Italien satisfait, s'épuisa en questions, auxquelles le Polonais répondit en faisant aussi peu mention de Claire qu'il le put. La joie du secrétaire était extrême ; il savait qu'il allait avoir auprès de lui dans ce dangereux voyage, un compagnon dont l'intrépidité lui était connue, et qui écouterait sans doute volontiers l'explication des immenses combinaisons politiques qu'il se disposait à mettre à exécution. Le gardien et le prisonnier continuèrent dans la meilleure intelligence, leur route jusqu'à Lyon. Là ils trouvèrent le valet-de-chambre du prince, Nicolas Bassanet, flamand de naissance, qui se joignit à eux ; et ils traversèrent tous trois les champs bénis de la France.

Depuis deux jours, ils avaient quitté

Lyon, une pluie presque continuelle
les avait empêché de communiquer
ensemble ; dans les auberges il était
impossible de tirer un mot sérieux
du défiant Italien, et chaque fois que
le communicatif Bassanet voulait en
venir à des informations et à des ex-
plications sur leurs affaires , un regard sombre ou un geste d'impatience que faisait Basio , lui coupait
la parole. Mais la troisième matinée
fut sereine et promit une belle journée. Ils traversaient ensemble un
bois parfumé , pas une créature hu-
maine ne se montrait sur la route qui
s'étendait en serpentant. Nicolas Bassanet commença en ces termes :

—Allons-nous donc toujours trot-
ter comme cela en silence, jusqu'à
Paris, afin que personne de nous ne
sache où il en est ? J'ai déjà remarqué

depuis long-temps que le jeune seigneur Opacki est impatient d'apprendre comment le prince, notre
auguste maître, se trouve dans sa
triste captivité, et moi aussi, messire
le secrétaire, qui ai quitté Salon
comme si j'avais été congédié de mon
service, j'ai à vous prier de ne pas
nous témoigner plus long-temps votre discrétion, maintenant que personne ne peut nous entendre que ces
arbres verts qui ne bavarderont pas,
je pense.

— Oui sans doute, maître Andréa, ajouta le jeune écuyer, desser-
rez enfin les lèvres et apprenez-nous
un peu ce qui est arrivé à notre maître, depuis que nous sommes sépa-
rés de lui.

— Vous le voulez, messire le cas-

tellanic, répondit l'Italien : *Infan-*
dum jubes, Samuele, renovare dolo-
rem; eh bien, je vais vous dire comment se sont passés les tristes momens de Son Altesse dans cette vilaine prison. Une petite chambre du
grand palais de l'archevêque d'Arles,
est la demeure de mon noble maître,
on y arrive par un corridor isolé où il
lui est permis de faire sa promenade
et de jouir des rayons du soleil à travers les hautes fenêtres gothiques.
Il n'a pas plu au Dieu tout-puissant
d'accorder une constitution bien ro-
buste à messeigneurs les fils de feu
Sa Majesté Sigismond III, ce puissant
soutien de la foi catholique ; le roi
régnant actuel Wladislaw est depuis
long-temps atteint de la goutte, son
éminence le cardinal prince, Jean
Albert, et Son Altesse royale le prince
Alexandre qui promettait d'égaler le

prince macédonien de ce nom, ont été rappelés de ce monde, avant d'avoir atteint l'âge de l'adolescence, l'un dans la célèbre ville de Padoue, ma patrie, l'autre dans une misérable hutte à Groyec, près de Varsovie; le vénérable prince Charles Ferdinand, évêque de Plock et de Breslau ne jouit pas non plus d'une santé bien satisfaisante, et maintenant voilà que la misère et les soucis ont affaibli comme me l'a assuré l'honorable médecin de Son Altesse, le docteur Jean Felber, la constitution de notre maître que je me plaisais à nommer, le dernier espoir de la maison de Wasa. Le vénérable père George Leyer m'a dit aussi que la mélancolie s'était emparée de son âme. Notre grâcieux maître n'a plus qu'une seule joie; et son seul plaisir, est de s'entretenir avec l'abbé comte Alexandre Konopacki qui est

une tête sage et expérimentée, et qui
cherche à bannir le chagrin du prince,
en lui citant l'exemple d'un grand nombre de fils de rois qui ont été prisonniers, et ont fini par être heureusement délivrés. Le prince Jean Casimir se montre fort peu aux autres
seigneurs de sa suite. La bruyante
gaîté de monseigneur le marquis de
Gonzague et son insouciance, qui
plaisaient au maître dans de meilleurs
temps, ne lui sont pas fort agréables;
le grand-maître et le chambellan de
Cracovie augmentent encore le dé-
couragement du maître par leur mauvaise humeur et leurs menaces contre le ministre de France. Le jeune
Théodore Demhoff, le fils du woy-
wode de Marienbourg, jeune homme
plein d'espérance et quelques autres,
ne songeant qu'à se divertir en man-
geant et en buvant, à l'exception de

Henri Korff, le staroste de Reval, qui au dire du médecin, a une face hypocratique et aura peine à revoir la mer Baltique.

— Cependant j'espère, dit Samuel Opacki en interrompant le prolixe narrateur, que personne ne manque au respect dû à la majesté du sang royal.

— Puisque vous le demandez, je n'en voudrais pas jurer. Car voyez-vous, digne sire, le seigneur Louis de Valois n'a pas encore trouvé bon de venir rendre au prince la visite qu'il lui doit, et quand il a un message à adresser à Son Altesse, il le fait toujours porter par ce Chantereine à qui la surveillance du prince a été remise. Pour ce seigneur de Chantereine qui pense, sans doute, se rendre agréable au cardinal de Richelieu par un zèle exagéré, il se conduit comme un véritable geôlier. Il n'a pas eu honte de visiter les bagages et les papiers aussi bien que ceux de toute la suite, et nous a défendu toute communication à l'extérieur, à moins que ce ne fût avec des gens dont la physionomie atroce annonce suffisamment pourquoi on leur a accordé l'accès de la prison. On répand, au moyen de ces gens-là, toutes sortes de bruits qui tantôt éveillent l'espérance du prince, et tantôt achèvent de l'abattre. Aussi, lorsque Son Altesse eut exprimé récemment le désir de m'envoyer moi, son très-humble serviteur, au Louvre pour y voir Sa Majesté le roi de France et de Navarre, on répandit le bruit dans la ville que le roi Louis XIII avait un désir tout particulier de con-

naître son cousin et qu'un courier
était arrivé auprès du gouverneur,
avec l'ordre de faire partir le prince
pour Saint-Germain. Ces bruits ne
s'étant pas confirmés, Son Altesse
reconnut la ruse de Chantereine, et
insista pour qu'il me fût permis d'aller à Lambesc exprimer son désir au
gouverneur de Provence. Comme on
ne pouvait lui refuser cette permission, je me rendis auprès du comte
de Valois, et je revins avec une lettre
de lui au prince Jean Casimir. A mon
retour à Salon, je me rendis chez le
prince avec le capitaine qui ne me
quittait pas un moment. Nous trou-
vâmes Son Altesse allant et venant
avec vivacité dans la galerie de son
appartement, et frappant de temps
en temps de la pointe de son sabre
le pavé de la salle qui retentissait
sous ses coups. Le vénérable abbé

de Wonchocy et son confesseur s'entretenaient avec lui. Dès qu'il nous aperçut, il s'avança vers moi, sans honorer d'un regard le seigneur de Chantereine, et me demanda : Eh! bien, maître Andréa, que m'apportez-vous? — Je lui remis alors la lettre et il la lut à haute voix.

Le comte de Valois se plaignait, comme Son Altesse, que le messager envoyé à Paris ne fut pas encore de retour, mais il l'attendait au plutôt avec de bonnes nouvelles. Il était donc inutile d'envoyer un homme de confiance; au reste, si le prince désirait de le voir, il se rendrait auprès de lui dès que sa santé le permettrait; mais que si Son Altesse insistait pour envoyer quelqu'un à Paris, il fallait que ce messager se rendît d'abord à Aix pour y prendre ses passeports.

Le prince changea de couleur à la lecture de cette lettre. — J'ordonne, dit-il à Chantereine, que mon secrétaire se rende à la capitale. Gardez-vous qu'il lui arrive aucun mal. Il se trouve encore des Français dans les états de mon frère, et il saura rendre tête pour tête si l'on méconnaît le droit des gens !

Il fit signe à Chantereine de s'éloigner, et se rendit dans sa chambre, où nous passâmes la nuit à expédier les lettres que je devais emporter avec moi. Elles sont adressées à Sa Majesté Très-Chrétienne, au père Joseph de l'ordre des capucins, à monseigneur le cardinal, au nonce du Saint-Père et à l'ambassadeur de la république de Gênes. Je me rendis ensuite à Aix, où l'on me retint autant qu'on le put. Enfin, on m'an-

nonça que je pouvais partir sous l'escorte d'un soldat de la prévôté dans
lequel j'ai trouvé, à mon grand étonnement et à ma vive satisfaction, l'honorable écuyer et castellanic Opacki.

— Voilà qui est bien merveilleux!
s'écria le Flamand en riant à haute
voix et se frottant les mains. Comment se fait-il, monseigneur, qu'on
vous ait justement choisi pour un
pareil emploi?

— Il est encore plus merveilleux,
monsieur le valet-de-chambre, dit
l'Italien d'un ton chagrin, que vous
vous démeniez et que vous criiez de
de la sorte, sans remarquer les gens
qui arrivent derrière nous au grand
galop. *Oimè*, que penseront-ils s'ils
voient les prisonniers aussi familiers
avec leur gardien!

Les trois voyageurs continuèrent
alors paisiblement leur route, d'un
air grave et en silence. Ils furent
rejoints par deux cavaliers, dont l'un
mit, en approchant d'eux, son cheval au pas, les examina avec attention, et se tournant vers Opacki lui
dit familièrement : C'est bien, messire l'anspeçade, ne vous pressez pas.
Vous arriverez toujours à temps à
Paris. Faites seulement attention à
vos deux voyageurs, car il importe à
monseigneur le gouverneur qu'il ne
leur arrive rien en chemin.

Le Polonais regarda à son tour le
nouveau venu, et reconnut en lui le
bourgeois qu'il avait trouvé, avec
Godefroi, à l'entrée de l'auberge de
Les Martigues. Il lui répondit : N'ayez
pas d'inquiétude, messire, pour ces
deux compagnons; mes bons pisto-

lets et ma rapière me suffiront pour
les conduire.

A ces mots, il salue Lenormand,
et donnant des éperons à son cheval,
il galopa vers ses compagnons de
route.

—Je vois, dit le jeune gentilhomme
à voix basse à l'inquiet Basio, je vois
qu'on se prépare à vous recevoir.
Mais laissez faire, et continuons
tranquillement notre route.

— Vous m'avez dit, reprit Basio
après un instant de silence, que vous
aviez aussi des lettres : ayez la bonté
de me dire à qui elles sont adressées?

— A deux femmes, répondit
Opacki en souriant, et avec votre

permission, je les remettrai moi-
même, l'une à mademoiselle de Lafayette, l'autre à la princesse de
Mantoue; et j'en ai une troisième
pour le grand écuyer, Cinq-Mars,
qu'on nomme tout court M. le Grand.

— Cela est très-singulier et très-
mal avisé, mon jeune seigneur de
Sendomir. Car, permettez-moi de
le dire, si vous êtes fort apte à tous
les exercices de la noblesse, comme
chevaucher, combattre et boire, moi,
je me suis appliqué dans la célèbre
université de la ville de Padoue ma
patrie, et dans d'autres pays, à étu-
dier les institutions politiques, et je
suis expérimenté dans ce qui regarde
les affaires des hauts seigneurs, des
ministres et des personnes de rang,
comme il convient au secrétaire
d'un grand prince.

— Je n'en doute nullement, ré-
partit le Polonais , habitué au ton
que prenait son ami lorsqu'il avait
coutume de parler de son objet favori , la politique , ou pour mieux
parler , l'intrigue. Mais, dites-moi
plutôt nettement à quoi vous pensez que puissent nous aider les lettres de madame de Valois ?

— Cela est facile à voir, dit le valet-de-chambre Bassanet, c'est sûre-
ment une affaire d'amour, et nous
la conduirons aussi bien que nous
faisions à Varsovie et à Bruxelles.

— *Ne sutor ultrà crepidem !* lui dit
d'un air important le secrétaire. De-
meurez près de la table de toilette,
digne valet-de-chambre. Mais à vous,
monseigneur, je vous dirai que la
très-haute et très-puissante demoi-

selle Maria Ludovica Gonzaga, princesse de Mantoue et Nevers, a eu
l'honneur d'être choisie pour devenir
l'épouse de notre roi, alliance qui
déplaisait au cardinal (1). Autrefois,
le frère du roi, Gaston de France,
duc d'Orléans, qu'on nomme en ce
pays Monsieur, avait montré de l'in-
clination pour cette princesse que
monseigneur le cardinal fit enfermer
dans le château du bois de Vincennes pour la soustraire aux regards
de l'héritier présomptif du trône.
Il y a tout lieu de soupçonner que
ladite princesse Maria Ludovica n'est
pas fort portée pour le cardinal
qui l'a déjà deux fois privée d'une

(1) Après la mort de sa femme, fille de
l'empereur Ferdinand II, le roi Wladislaw
épousa la princesse Marie, qui devint ensuite femme de Jean Casimir.

(*Note de l'auteur.*)

couronne, l'une en réalité, l'autre
en espérance. Pour mademoiselle
Marguerite de La Fayette elle entre-
tient avec le roi un commerce d'a-
mour, en tout honneur, comme autrefois mademoiselle d'Hautefort, ce
qui ne l'empêche pas de jouir d'une
grande considération auprès de la
reine Anne d'Autriche, et en qualité
de sa confidente, de haïr profondément le cardinal. Troisièmement et
enfin, le marquis de Cinq-Mars est
bien, à la vérité, un des amis du premier ministre; mais il est aussi fort
agréable au roi, et plusieurs fins politiques soupçonnent que des démêlés de jalousie pourraient bien s'élever entre lui et son ancien protecteur, et craignent qu'il n'ait un jour
le même sort que Charles-Emmanuel
de Talleyrand prince de Chalais. Vous
pouvez, d'après cela, pressentir les

avantages que nous pourrions retirer de lettres particulières adressées
à ces personnages, si toutefois vous
voulez suivre mes conseils.

— Nous verrons, dit le jeune gentilhomme ; j'ai quelque idée que
je remettrai plutôt mes lettres que
vous ne remettrez les vôtres, maître
Andréa.

CHAPITRE VII.

Le Père Joseph.

Ce fut le 13 juin 1638, que nos trois voyageurs arrivèrent à Paris. Ils étaient à peine arrivés dans la rue d'Enfer, au logis du défunt bonnetier, où le jeune Polonais s'annonça comme

cousin et héritier du trépassé, selon
les instructions qu'il avait reçues de
Claire, qu'on leur apprit que le cardinal était absent. Il s'était rendu à
Conflans avec Gaston d'Orléans, pour
aller au-devant du célèbre général im-
périal Jean de Werth qui avait été fait
prisonnier peu de temps auparavant,
par le duc Bernard de Weimar, et
conduit en France.

Lorsque Basio apprit cette nouvelle,
il tira un énorme livre de notes de sa
poche, le feuilleta et trouva, qu'en pareille occurence, il devait s'adresser
au secrétaire d'état de la guerre,
messire des Noyers; le sieur Bouthillier de Chavigny qui était chargé
des affaires étrangères, se trouvant
malade. Plusieurs jours s'écoulèrent
donc dans l'oisiveté, durant lesquels
Samuel se livra à la plus vive impa-

tience, et l'Italien s'occupa à écrire des
mémoires et à composer des discours
pathétiques. Pendant ce temps, le
cardinal revint de Conflans. Un matin, le messager de Jean Casimir se
rendit chez le secrétaire d'état, accompagné de son guide, qui mar-
chait à son côté en juste-au-corps de
cavalier français, avec une longue
épée et une pesante carabine.

Messire des Noyers écouta fort attentivement le discours apprêté de
maître Andrea Basio ; lorsque celui-
ci eut achevé sa harangue, il lui répondit en secouant la tête : ce que
vous me dites là, messire le secrétaire,
est sans doute fort beau et séduisant,
mais je ne puis vous dissimuler que
nous n'envisageons pas la chose du
point de vue où il vous plaît de nous
la faire envisager. Il n'est personne

au monde à qui l'attachement de l'auguste prince de Pologne à la maison d'Autriche ne soit connu, comme aussi son aversion pour la France dont il a donné les preuves frappantes sur le Rhin, et à l'époque du siège de Dantzick. Son Altesse Royale a déjà rendu deux fois ses devoirs à Vienne à l'empereur, et comme nous sommes ici assez bien fournis de nouvelles, je veux bien vous dire, messire, si vous l'ignorez, que dans la dernière entrevue qui a eu lieu à Ofen en Hongrie, le 8 février de cette année, à huit heures du soir, en présence de la grande duchesse Claudia et du comte de Khevenmuller, dans une chambre avec des rideaux de velours vert et une boiserie de chêne, le voyage d'Espagne a été résolu. Votre admirable éloquence ne saurait non plus affaiblir l'impression de faits tels que ceux-ci : La nomination de Son Altesse à la dignité de vice-roi de Portugal et la patente déjà à lui expédiée dans la chancellerie de Madrid, d'amiral de la flotte de Sa Majesté Catholique ; ainsi, messire le secrétaire, vous ne sauriez en vouloir à la couronne de France, si dans de semblables circonstances, elle ne voit pas avec plaisir que le prince observe avec attention, les ports de Saint-Tropez, de Toulon, de Saint-Turpin et de Marseille ; ce qui, dans l'état des choses, constitue une véritable hostilité, et motive nécessairement son arrestation.

Mais lorsque le secrétaire intime chercha à prouver d'une façon plus pressante, le peu de fondement de toutes ces allégations et qu'il eût parlé des lettres qui lui avaient été

remises par le roi, le cardinal et le
père Joseph, messire Desnoyers lui
dit en le reconduisant poliment jusqu'à la porte: je suis fâché d'être obligé de vous annoncer que tout ce que
je vous ai dit n'est pas seulement ma
propre opinion, mais celle du cardinal et de messire de Chavigny.
Au reste, le premier se trouve en ce
moment à Ruel où l'on rencontre
aussi le père Joseph, et je ferai en
sorte de vous procurer accès auprès
d'eux.

Lorsque les deux étrangers quit-
tèrent messire des Noyers, un des
officiers de la maison s'approcha du
prétendu garde prévôtal, le prit à
part et lui intima l'ordre de ne pas
perdre de vue l'Italien.

Les serviteurs de Jean Casimir re-

vinrent de fort mauvaise humeur,
dans la rue d'Enfer. Basio murmu-
rait constamment entre ses dents, et
Opacki donnait un libre cours à son
impatience. Le Flamand Bassanet fut
envoyé à la découverte.

Un certain temps s'écoula avant
qu'on vint annoncer à maître Andréa
qu'il lui était permis de se rendre
avec son gardien à Ruel où l'attendait le père Joseph Dutremblay.

Ils arrivèrent par une soirée fort
sombre dans la cour du palais d'où
Richelieu dont la main sûre et hardie
renfermait tous les destins de l'Europe, envoyait ses mystérieux oracles,
éloigné du monde dans son orgueil
sans bornes et inaccessible aux premiers de l'état. Un homme s'approcha à pas lents des voyageurs, leur fit

signe de le suivre et les conduisit
avec précaution à travers des salles
désertes et des détours profonds,
jusqu'à la porte d'une petite chambre
à l'entrée de laquelle il s'arrêta le
doigt sur la bouche. Andrea Basio
entra et le Polonais demeura dans
l'attitude d'une sentinelle devant la
porte ouverte.

La chambre où pénétra Basio était
ornée de boiseries brunes, couvertes
de tableaux des premiers maîtres
italiens, représentant des sujets re-
ligieux, couvraient les murs. Un seul
fauteuil couvert de velours se trouvait devant une table chargée de papiers et de cartes géographiques. Le
côté gauche de la chambre était occupé par une cloison de tapisserie qui
ne s'élevait pas jusqu'au plafond, et
à travers laquelle on apercevait la

clarté de plusieurs lustres et cande-
labres qui brillaient dans la chambre
voisine. Une odeur de parfums s'exha-
lait de cette pièce, et de temps en
temps, un pas inégal semblable à celui d'un homme qui marche et saute
tour à tour sur d'épais tapis, se faisait
entendre. Le fond de la petite chambre était couvert d'un long rideau flottant, derrière lequel on pouvait voir
un tabernacle richement orné de
sculptures et de figures en or. Une
sombre figure était agenouillée devant l'autel. Basio s'arrêta quelque
temps, jusqu'à ce que la personne qui
priait se fut relevée. Un petit homme
à tête rasée, couvert d'une robe brune
de capucin, mais faite d'une fine étoffe,
s'avança de derrière le rideau. Ses traits
étaient fortement arrêtés, sur sa bouche se montrait un sourire que l'on
eût pris facilement pour une expres-

sion de bonté, ses yeux qui étaient abaissés sur un rosaire en pierre d'a-gathe, ne se relevaient que de temps en temps pour lancer un regard ra-pide et pénétrant.

— Messire le secrétaire Basio, dit le petit vieillard à voix basse et d'un ton amical, qui me procure l'hon-neur de vous voir dans mon humble cellule ?

L'Italien s'inclina profondément, s'avança vers le capucin, baisa le bord de son scapulaire et lui présenta un papier plié, en lui disant : vénérable père, le prince de Pologne m'envoie vers vous, qui tenez le cœur du roi en vos mains et qui êtes un homme de paix, pour demander votre pro-tection en faveur du noble sang de Sigismond III, roi de Pologne, de Suède, des Goths et des Vandales!

— Parlez un peu plus haut, s'il vous plait, dit le père Joseph en jetant un regard rapide sur Basio, mon âge avancé m'a rendu l'oreille un peu dure.

En parlant ainsi, il prit la lettre et la garda quelque temps devant lui, dans ses mains jointes, puis il en rompit le cachet et la lut d'une voix cassée.

Elle renfermait ce qui suit :

« Révérend père en Dieu,

» Je vous annonce par maître An-
» dréa Basio, mon secrétaire in-
» time, ainsi qu'à Sa Majesté le roi
» Très-Chrétien et au cardinal de
» Richelieu, comme, le 9 de mai
» dernier, cherchant un abri contre
» l'orage dans le port de Baccarent,

» situé dans le golfe de Berre, j'ai été
» forcé par l'artillerie de la tour du
» Bouc, de descendre à terre et de
» supporter maint indigne traite-
» ment. Songeant à l'amitié qui a
» toujours existé sans interruption,
» entre l'illustre roi de France et de
» Navarre, et le non moins illustre
» roi de Pologne et de Suède, mon
» seigneur et frère, cette conduite
» inouie jusqu'à ce jour m'a singu-
» lièrement étonné et affligé. Je pen-
» sais trouver dans les états de Sa
» Majesté Très-Chrétienne l'accueil
» amical que ses sujets ont toujours
» trouvé en Pologne. La galère de la
» sérénissime république de Gènes
» sur laquelle je me trouvais, appar-
» tient à une puissance voisine et
» amie, et n'a aucunement agi contre
» les lois du pays et le droit des gens.
» Cependant il a été commis contre

» moi, et sans motif valable, des
» actes de violence. Je renoncerais à
» la dignité qui m'a été accordée par
» la grâce divine et par ma naissance,
» si je les supportais sans m'y op-
» poser et en demander satisfaction.
» Le reste vous sera communiqué
» par maître Basio, mon secrétaire
» intime.

» Je me tiens donc convaincu que
» votre révérence fera tout ce qui
» lui sera possible pour mettre fin à
» la contrariété dont moi, le fils, le
» frère et le petit-fils de tant de rois,
» je suis victime en ce pays.

» Dans cet espoir, je prie Dieu
» qu'il vous ait en garde, dans sa
» toute puissante miséricorde.

» Donné au palais de l'archevêque

» d'Arles dans la ville de Salon, le
» 28 de mai de l'année du salut 1638.

» Jean Casimir, prince royal. »

Le capucin, en lisant cette lettre,
avait souvent, par ses branlemens
de tête, par le mouvement de ses
yeux et le froncement de son front,
donné des signes de surprise et de
mécontentement. Lorsqu'il eut achevé sa lecture, il remit lentement la
lettre dans ses plis, la porta avec respect à ses lèvres et demeura immobile et les yeux baissés devant
maître Andrea. Celui-ci, prenant
alors la parole, exposa dans un nouveau discours tous les ennuis et les
griefs du prince, et termina par la
prière qu'il adressa au révérend père
de porter le cœur du roi et celui du
cardinal à la justice et à la douceur.

—Lorsque la chose dont vous parlez arriva, messire le secrétaire, répondit le capucin d'une voix que l'âge rendait tremblante, la main du Seigneur m'avait frappé d'une rude maladie qui ne permettait pas de prendre même la faible part qui convient à un pauvre humble moine, aux importantes affaires des hauts potentats et des puissantes têtes couronnées de l'Europe. Si ce n'avait donc pas été la volonté du ciel, j'aurais, comme je vous prie de le croire, cherché à empêcher ce dont vous vous plaignez, autant du moins qu'il eut été possible aux faibles forces d'un misérable instrument comme moi. Mais maintenant que la volonté de Dieu a été exécutée, quel est l'homme qui oserait s'opposer à son accomplissement? Dieu me préserve de ne pas reconnaître dans

l'humilité et l'éloignement où je suis
du monde et de ses œuvres, ce que
nous devons à l'illustre Sigismond,
le défenseur de la foi contre l'abo-
mination mahométane, et au glorieux Uladislaus qui marche sur les
traces de son père! Je m'efforcerai
donc de mettre un terme aux ennuis
de son Altesse Royale, et d'adoucir
autant que possible sa captivité.

Pendant que le père Joseph parlait ainsi, on entendit dans la chambre voisine le choc d'un fauteuil
contre une table; le bruit de quelques pas pesans retentit sur le tapis, accompagné d'une légère toux
qui semblait un peu forcée. Le capucin reprit alors un tout autre ton :
cependant, messire le secrétaire, il
ne faut pas bâtir trop d'espérance
sur le résultat des efforts d'un des

plus humbles serviteurs de Dieu, car le destin des têtes couronnées dépend de toute autre chose que de mes démarches.

Lorsque Basio se baissa de nouveau pour baiser le bas du scapulaire du capucin, à qui plus d'un grand seigneur avait déjà rendu cet honneur, le père Joseph aperçut le Polonais qui se tenait droit et immobile contre la porte.

— Qui est celui-là ? demanda-t-il.

— C'est, répondit l'Italien, la *salvaguardia* que monseigneur de Valois a jugé à propos de me donner pour que je ne m'écartasse pas de mon chemin ; en un mot, c'est le gardien de ma personne, pour tout dire à votre révérence.

Un léger rire imperceptible se
montra sur le visage du père du
Tremblay, et un regard perçant tomba sur le soldat : Cette précaution
n'est pas nécessaire avec vous, digne
sire, dit-il, et je crois qu'on peut
relever ce jeune compagnon de sa
garde. Aussi bien vous êtes, sinon
ambassadeur accrédité, du moins
l'envoyé d'un grand prince, et il
convient de vous donner une suite
plus honorable. Je donnerai à ce sujet des ordres au sieur de Chavigny ;
— je veux dire que je supplierai humblement monseigneur le cardinal de
lui ordonner de vous donner une
autre escorte que celle-ci. Je ne manquerai pas non plus, ajouta-t-il d'un
ton qui annonçait un congé, de parler prochainement à son éminence
de votre prince et de le recommander à Dieu dans mes prières.

—*In magnis voluisse sat est*, murmura l'Italien lorsqu'il se retrouva dans les murs tranquilles de sa demeure. Vous êtes quitte de votre charge de gardien, messire l'écuyer, et vous pouvez maintenant tenter si vous êtes plus heureux dans vos messages que moi dans le mien. Pour vous, Basile Bassanet, vous vous êtes assez long-temps promené sur le pavé de Paris, et vous allez vous préparer, avant qu'une nouvelle *guardia* plus embarrassante que messire le castellanic ne nous arrive, à partir ce soir même pour Varsovie, avec des lettres que je vous charge de déposer aux pieds de Sa Majesté.

Lorsque le Flamand eut quitté la chambre, maître Andréa continua : L'intervention du roi devient nécessaire ; je n'ai rien appris des paroles

de ce moine qui se vantait un jour
de tenir trois couronnes sous son ca-
puchon, sinon que je perds ici mon
temps et ma peine. Mais comme la
bonté du ciel m'a pourvu d'une assez
forte dose de persévérance, ces messieurs ne se débarrasseront pas aussi
facilement de maître Andréa Basio
qui a étudié les *politica* dans l'illustre
ville de Padoue, sa patrie, et ils me
verront le matin, à midi et le soir si
long-temps qu'ils se lasseront enfin
de ma figure et qu'ils feront sortir de
son cachot l'auguste Jean Casimir, ou
qu'ils jetteront dans un autre, ledit
Andréa Basio, ce qui ne laisserait pas
que d'être un procédé fort irrégulier.

CHAPITRE VIII.

Le Grand Ecuyer.

Le jour suivant, Samuel Opacki se trouvait dès le matin dans la rue Saint-Thomas-du-Louvre, devant le bâtiment des écuries royales. Le suisse le fit mener par deux cours,

dans une aîle latérale de l'édifice, où
un étroit escalier conduisait à une
enfilade de chambres magnifiques,
qu'habitait Cinq-Mars , le grand
écuyer de France. Un essaim de laquais couverts de galons et de rubans,
environna le nouveau venu, en lui
demandant quelle affaire l'amenait
auprès de *monsieur le Grand?* Un
d'eux entra dans les appartemens, et
ne tarda pas à venir le prendre pour
l'introduire dans un cabinet qui mé-
rite une courte description.

Ce cabinet était fort grand et de
forme octogone. Cinq côtés de la muraille était couverts de tapisseries en-
tourées de larges et massifs cadres do-
rés ; les plus fameux sujets des mé-
tamorphoses d'Ovide éclataient en
couleurs brillantes sur ces panneaux.
Sur le sixième pan de mur, vis-à-vis

de la porte, se trouvait une haute et large fenêtre rehaussée de sculptures dorées où l'on avait répété en mille endroits les armes de France et de Navarre, et devant laquelle s'abaissait en longs plis un vaste rideau de velours jaune. Devant cette fenêtre, s'élevait sur un haut piédestal la statue équestre de Louis XIII, dont le cheval foulait à ses pieds d'horribles figures représentant l'envie, l'intrigue et l'irréligion ; cette dernière figure portait le manteau et le collet des prédicants protestans. A droite, on apercevait une grande table de toilette d'argent massif, chargée d'ustensiles en or, mêlés avec des fleurs desséchées, des lettres, des madrigaux, des vers adressés au grand écuyer, et une foule de bagatelles. Sous la table, se trouvait jeté un livre de grand format, dont la couverture

de velours vert portait ces mots : *OEu-
vres de Pierre Corneille.* Les deux autres murailles étaient ornées d'immenses miroirs de Venise entourés de
cadres d'argent; sous lesquels on avait
placé quelques bustes de femmes voi-
lés par des rideaux de soie, enrichis de
tresses d'argent. Sur le plafond, la
main peu légère d'un peintre français avait représenté un char attelé
de quatre chevaux normands, traî-
nant l'aurore, dont la chevelure bien
frisée était surmontée d'une couronne
d'or, et dont le ventre et le sein proé-
minens, étaient couverts par un ver-
tugadin. De sa main droite étendue
descendait un petit lustre d'argent
d'un travail massif, suspendu au-dessus de la table sur laquelle se trouvait
une paire de gros gantelets, une petite
épée et un chapeau orné de rubans de
couleur incarnate et de plumes bleues.

I. 14

Le marquis de Cinq-Mars était debout devant un miroir, occupé à rétablir les plis de sa vaste collerette de dentelle du Brabant. Une énivrante vapeur d'ambre se répandait dans la chambre.

— Qui êtes-vous mon ami? demanda le favori en se tournant à demi vers le jeune Opacki, en prononçant ces paroles d'une façon à peine intelligible.

— Blaise Maguiret de Clermont en Auvergne, pour vous servir! répondit celui qu'on interrogeait.

— Très-bien, dit le grand écuyer en cherchant au milieu des fleurs desséchées, quelques marguerites qu'il mit à part. Et qui me procure le plaisir de voir M. Blaise Ma... Magueron de Clermont?

— J'ai une lettre à vous remettre, monseigneur.

— Mon ami, je suis fort occupé en ce moment, répliqua Cinq-Mars, en repoussant du pied sous la table les tragédies de Corneille, et ouvrant un madrigal plié avec soin. Ainsi, si votre message n'est pas de grande importance, vous reviendrez dans un moment plus favorable. — De qui est la lettre ? reprit-il d'une voix haute et d'un ton d'humeur, en voyant que l'étranger ne se disposait pas à s'éloigner.

— D'une dame, monseigneur le grand écuyer.

— D'une dame, reprit Cinq-Mars d'un air indifférent et distrait. Alors demandez là dehors à voir Baillet,

mon valet-de-chambre, et laissez-la
dans ses mains. — Mais non, donnez-
la moi.

A ces mots, il la prit des mains
d'Opacki, et la jeta négligemment au
milieu des papiers qui encombraient
sa table.

Le jeune gentilhomme à qui son
rôle commençait à peser, ne put re-
tenir son impatience, et dit d'une
voix émue: Monsieur le marquis de
Cinq-Mars, quelle réponse rapporte-
rai-je à la comtesse de Valois?

— La comtesse de Valois? s'écria
le grand écuyer si effrayé que le madrigal échappa de ses mains, et alla
tenir compagnie sous la table au
grand Corneille. — La comtesse de
Valois? reprit-il en ouvrant précipi-

tamment la lettre. Silence, ne parlez
pas si haut, mon ami ! J'espère que
vous n'avez parlé là dehors à personne, de votre message.

Après avoir lu attentivement la
lettre et l'avoir renfermée dans une
armoire qui était pratiquée derrière
le piédestal de la statue du roi, il se
tourna de nouveau vers le jeune
étranger et lui dit : Ainsi vous êtes
l'envoyé de la dame de Valois ? Comment vous nommiez-vous donc tout
à l'heure, l'ami ?

— Blaise Marguiret ! répondit Samuel mécontent de se voir forcé de
répéter un mensonge.

— Comment se fait-il que la comtesse vous ait choisi pour un semblable message ?

— Je suis un des gardes de la prévôté de monseigneur le gouverneur
de Provence, et j'ai été commandé
pour accompagner le secrétaire du
prince de Pologne d'Aix à Paris.

— Ah! ah! et vous êtes de l'Auvergne?

— De Clermont.

— Vous pourrez donc me donner
des nouvelles de mon beau-frère, le
vicomte de Cavaillon qui est lieute-
nant de roi à Clermont? le connaissez-vous!

— Après avoir réfléchi un moment,
le Polonais répondit : Oui , monseigneur, je le connais.

— Blaise Maguiret, combien y a-t-il

de temps que vous avez quitté le lieu de votre naissance ?

— Six mois, dit Opacki, joyeux cette fois de pouvoir dire la vérité.

— Six mois ! Voilà qui est merveilleux, reprit vivement le marquis de Cinq-Mars, il n'y en a que deux que le vicomte de Cavaillon a pris congé du roi à Saint-Germain.—Écoutez, monsieur l'Auvergnat, vous devez connaître votre pays, et vous pourrez me servir. Je songe à me rendre avant peu chez ma sœur, et visiter en même temps les montagnes de la haute Auvergne. Dites-moi donc mon cher ami, quel est le plus court chemin pour me rendre de Paris au Puy-de-Dôme ?

Le jeune Polonais éprouva tout

l'embarras et la honte amère que l'on
ressent en se voyant convaincu d'une
imposture, même lorsqu'elle est mo-
tivée par une noble action; une vive
rougeur couvrit ses joues, et ses ré-
gards sombres se dirigèrent sur le
parquet.

Le grand écuyer faisant alors un
pas vers lui, et prenant un accès sé-
vère lui dit : mon ami, vous qui
connaissez si bien votre pays, appre-
nez que nous vivons dans un temps
de défiance et que le plancher du
Louvre est terriblement glissant. Ne
vous étonnez donc pas, si je vous fais
arrêter à l'heure même comme un espion et un imposteur.

A ces mots Cinq-Mars s'avança vers
la porte. Mais le Polonais à qui ces
injures et ce mépris avaient rendu

toute sa fierté, lui barra le chemin et,
la main sur son épée, lui dit d'une
voix sourde, mais résolue : Je ne suis
pas un espion et vous ne me ferez
pas arrêter, aussi vrai que Dieu m'est
en aide, saint Stanilaw et ma bonne
épée.

— Qui êtes-vous donc? dit le marquis en se reculant d'un pas, et s'approchant de la table où se trouvaient
ses armes.

— Sachez-le donc, s'écria le Polonais dont la colère étouffait la voix,
sachez-le afin que vous ne vous éton-
niez pas si je ne supporte pas d'injure.
Vous avez devant vous un homme
qui vous égale en naissance, le fils
d'un pair polonais qui a pensé
qu'il n'était pas flétrissant de dégui-
ser son nom pour servir son maître,

et qui est prêt à sceller son dévouement de son sang. Allez donc me
trahir au roi et au cardinal, mais auparavant donnez-moi satisfaction de
l'outrage que je viens d'endurer.

—Parlez bas, monsieur; pour Dieu,
ne parlez pas si haut, dit Cinq-Mars
sur les traits duquel toute trace de
mécontentement s'était effacée. Ainsi
vous êtes de la suite du prince de
Pologne? Tranquillisez-vous, monsieur, et soyez assuré que si vous êtes
vraiment celui pour qui vous vous
donnez, vous n'aurez pas trouvé un
traitre dans le marquis de Cinq-Mars.
Pardonnez-moi seulement si je vous
demande des preuves de ce que vous
avancez.

—Pourquoi vous les refuserais-je!
répondit le Polonais avec calme. Je

vous ai déjà dit la vérité, et je ne
crains pas que vous l'appreniez toute
entière.

En parlant ainsi, il tira de la poche
de son juste-au-corps, un porte-feuille,
richement brodé d'or et de perles,
qui contenait une lettre du cardinal-
protecteur de Pologne, en langue latine, et plusieurs autres, toutes adressées au noble Samuel Opacki, staroste
de Polaniec, castellan de Sandormirz,
ainsi qu'un portrait de Ferdinand II.
et un anneau de diamants qui lui
avait été donné comme aux autres
personnes de la suite du prince à
Offen, par l'empereur.

Le grand écuyer visita avec soin le
contenu du porte-feuille, le rendit
avec un léger salut à son possesseur,
et lui dit : pardonnez-moi en faveur

des circonstances où je me trouve et de celles qui ont accompagné votre arrivée ici, de vous avoir méconnu, monsieur, j'espère que vous vous contenterez de l'assurance que ma vivacité ne s'adressait qu'au prétendu Blaise Maguiret et non pas au comte de Sandormirz; j'estime trop vos intentions et votre loyauté chevaleresque pour abuser de votre confiance et ne pas vous aider dans votre généreuse entreprise.

Une conversation confidentielle s'engagea bientôt entre les deux jeunes gentils-hommes, et Cinq-Mars parut voir avec plaisir l'audace de Samuel, qui était décidé à risquer sa vie pour délivrer son maître.

— Je ne saurais nier devant vous, dit le grand écuyer, ce que la cour

sait ainsi que le monde entier, c'est
le cardinal qui m'a élevé au comble
des honneurs où vous me voyez arrivé dans mes jeunes années. Je lui
garde aussi de la reconnaissance, et
j'en éprouverais davantage, s'il ne
voulait pas faire de moi un instrument sans volonté, entièrement sou-
mis aux mouvemens qu'il m'imprime.
Que la raison d'état où l'intérêt du
ministre nécessite une guerre entre
la France et l'Espagne, il n'est pas
honorable de pousser l'esprit d'ani-
mosité jusqu'à la haine personnelle
dont nous avons un triste exemple
dans les murs mêmes du Louvre; et
l'arrestation du prince Jean Casimir
appartiendra à ces actes qui souille-
ront éternellement le régne de Louis
XIII aux yeux du monde et de la postérité. Non loin de nous, monsieur, vit
une auguste victime de cette politique

cruelle; mais ce n'est pas en vain que Cinq-Mars aura cherché à rendre à cette royale épouse le cœur qu'on lui a aliéné, et avant peu la France saluera le fruit de ce rapprochement si long-temps différé (1). L'histoire n'ajoutera pas non plus aux calamités de cette époque, le meurtre d'un fils de roi, à moins que plus d'un de ceux qui vivent aujourd'hui pleins de jeunesse et de vivacité, ne voient la hache du bourreau atteindre aussi leur tête.....

Pendant que le grand écuyer prononçait ces paroles, ses traits s'étaient couverts d'une pâleur extrême; il semblait lutter avec de sinistres

(1) La naissance du dauphin, qui fut Louis XIV, eut lieu le 5 septembre 1638.
(*Note de l'auteur.*)

pensées, et s'arrêta quelques instants.
Puis après une longue pause, il
ajouta : vous m'avez dit, monsieur
le comte, que vous avez des lettres
pour la princesse de Mantoue et mademoiselle de Lafayette. Je vous
avoue que j'hésite à vous servir d'in-
termédiaire auprès de la première.
Il ne me convient pas de me rappro-
cher de celle que la disgrâce du roi
a frappée; pour ce qui est de l'autre,
vous pouvez me confier cette lettre,
et être assuré que je la remettrai
fidèlement entre ses mains..... Cependant ajouta-t-il en refléchissant
et en repoussant la lettre que lui ten-
dait Opacki, il est peut-être mieux
que vous la présentiez vous-même.
Cette dame a heureusement résolu
dans cette cour le difficile problême
de se tenir également en faveur
auprès du roi et de la reine, et

l'entrevue que vous aurez avec elle,
servira peut-être grandement vos
vues. Au reste la cour est un pays
où le moment décide de tout ; il faut
s'y abandonner en quelque lieu qu'il
nous conduise. Allez donc, monsieur le comte, et revenez à neuf
heures dans cette chambre, je tâ-
cherai de vous prouver que votre
dévouement à votre maître, vous a
acquis un ami dans la personne du
grand écuyer de France.

Opacki ému et satisfait, revint auprès de l'Italien, qui leva avec admi-
ration les mains au ciel, et commença
un long sermon sur l'imprévoyance
qu'il y avait à ne pas s'informer
de la situation d'un pays qu'on voulait donner comme le sien, sur l'audace dangereuse que le jeune Samuel avait montrée devant le grand

écuyer, et l'inconvénient qui résul-
tait de ne pas avoir étudié, comme
lui les *politica*, dans l'illustre ville
de Padoue.

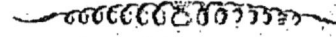

CHAPITRE IX.

L'Audience.

L'horloge sonnait neuf heures, lorsque le jeune staroste de Polaniec se présenta dans l'antichambre du grand écuyer, on lui dit qu'il se trouvait encore auprès du roi. Samuel s'était retiré dans une embrâsure de fenêtre, pour échapper aux regards curieux des laquais, lorsqu'une voix bien connue, le salua par ces mots: Bonsoir, M. l'anspeçade !

En levant les yeux, il aperçut Lenormand, le bourgeois de Les Martigues, qui s'approcha de lui d'un air d'intimité, en disant : Eh bien! vous êtes heureusement arrivé à Paris avec votre compagnon? Vous avez dû avoir furieusement d'ennui avec ce vieux savant, d'autant plus que les Italiens sont avares, et c'est une qualité qui vous tient un brave caporal de la garde prévôtale le gosier sec et l'humeur chagrine. Je vous félicite d'en être débarrassé comme je viens de l'apprendre chez le sieur de Chavigny, où l'on m'a dit qu'on voulait laisser le secrétaire s'ennuyer à son aise, jus-

qu'à ce qu'il en ait assez, et qu'il s'en
retourne à Salon ou en Pologne.
Comme vous allez sans doute retourner à votre corps, nous pourrons
partir ensemble; car je me rends à
Aix et ensuite à Avignon chargé
d'affaires du roi, d'une haute importance.

—J'en suis fâché pour moi, répondit
le Polonais; mais je suis soldat, et je
ne puis partir sans que j'en reçoive
l'ordre. Ainsi je vous souhaite un bon
voyage.

— Cela est fâcheux, dit le Provençal, je n'aurais pas été mécontent
d'avoir avec moi un vigoureux compagnon comme vous, et qui doit
posséder la confiance du seigneur de
Chantereine; puisqu'il vous a choisi
pour escorter cet Italien, car il faut

que vous sachiez qu'on a résolu, quant à ce qui est de la suite du prince, de....

En cet instant, il se fit un grand mouvement dans l'antichambre, ceux qui s'y trouvaient se rangèrent le long de la muraille, et derrière quelques laquais portant des flambeaux, parut le marquis de Cinq-Mars dont l'arrivée si désirée par Opacki lui sembla fort inopportune, au moment où Lenormand se disposait à lui faire une confidence.

Le grand écuyer traversa la salle à grands pas, aperçut en passant sa nouvelle connaissance de la matinée, et s'écria d'une voix haute : l'homme du comte de Valois ? puis il rentra dans ses appartemens. Le Polonais le suivit et trouva son protecteur dans

une toute autre disposition, que lorsqu'il l'avait quitté. Il semblait singulièrement joyeux, et lui fit mille questions incohérentes, ayant trait pour
la plupart aux dames de son pays et
aux usages de la cour de Varsovie. Il
interrompait quelquefois ses deman-
des pour se féliciter de la manière
gracieuse dont le roi l'avait traité au
petit coucher, et répétait de temps en
temps : les absens ont tort ! Enfin, il
se leva et passa suivi d'Opacki, à travers mille passages qui occupaient
l'étendue du Louvre, jusqu'à un appartement faiblement éclairé où il
demanda mademoiselle de Lafayette.
Un vieux laquais à cheveux blancs lui
dit quelques paroles à l'oreille. Après
quelques instans de réflexion, Cinq-
Mars se retourna vers le jeune Polonais et lui dit très-bas : vous ferez
ici une connaissance nouvelle et inat-

tendue , M. le comte. Nous verrons
si vous savez profiter de la faveur du
moment.

Alors il franchit la porte, et faisant
signe à Samuel de rester à l'entrée.
La personne qui était dans la chambre ne se trouvait pas seule. Mademoiselle de Lafayette , car c'était elle,
jeune personne à la chevelure blonde,
dont les traits plutôt gracieux que ré-
guliers, portaient l'empreinte d'une
douce mélancolie , était auprès d'une
dame de moyenne grandeur et d'une
tournure élégante, dont les yeux qui
étaient d'une grande beauté , étaient
un peu rouges et semblaient avoir
répandu des larmes. Ses cheveux
chatains étaient disposés en boucles
régulières entre lesquelles serpen-
tait un cordon de perles qui soute-
tenait au-dessus du front un joyau en

forme de poire. Bien que son visage offrit un ensemble parfait, son nez était un peu trop gros et sa pâleur trop excessive, pour qu'elle pût passer pour une beauté accomplie. Cependant sa bouche, ses bras et ses mains étaient d'une forme ravissante, et sa taille eut paru charmante, si, en ce moment, les signes d'une grossesse avancée n'eussent détruit ses proportions. Le marquis s'approcha des deux dames en s'inclinant profondément. Mademoiselle de Lafayette en l'apercevant, parut saisie d'effroi, et s'écria : Quoi ! M. le grand écuyer ! L'autre dame se leva vivement, et dit d'une voix éteinte : D'où venez-vous à cette heure, M. de Cinq-Mars ? Il n'est rien arrivé, je l'espère ? C'est le roi qui vous envoie ?

— Je ne suis qu'un messager, répondit Cinq-Mars d'un ton calme, et j'apporte à mademoiselle de Lafayette une lettre d'une ancienne amie.

— Il faut que ce ne soit pas un message sans importance pour que M. le grand écuyer s'en charge lui-même, dit Marguerite de Lafayette. — Permettez-vous, madame?

Sur un signe de Cinq-Mars le staroste de Polaniec s'approcha de la jeune dame, et lui présenta la lettre qu'elle prit en lui jetant un regard interrogatif.

— De la comtesse de Valois! dit Opacki.

— Ah! de la pauvre Boutteville! s'écria l'autre dame. Lisez, mademoiselle, je désire savoir comment elle se trouve en Provence.

Tandis que mademoiselle de Lafayette s'approchait d'un candélabre
et dépliait le papier, M. de Cinq-Mars
dit quelques mots à l'étranger qui fit
un mouvement d'effroi et répondit à
voix basse. Après un court entretien
qui eut lieu entre Cinq-Mars et la
dame, et pendant lequel les beaux
yeux de celle-ci furent constamment
tournés vers le jeune Polonais, le
grand écuyer se tourna vers lui en
disant : Avancez devant la reine,
monsieur, sa majesté consent à ac-
cepter vos hommages.

Le jeune Samuel s'avança avec
modestie, mais d'un air fier et mar-
tial, comme il convient à un noble
Polonais, et s'inclina avec respect
devant Anne d'Autriche.

— Ce que M. de Cinq-Mars nous a

dit, est-il vrai? dit la reine après un
moment de silence. Vous êtes un
noble Polonais de la suite du prince
Jean Casimir?

Opacki répondit.: Mon père est le
sénéchal du royaume, et moi j'ai
l'honneur d'être un des gentilshom-
mes de Son Altesse le prince de Pologne et de Suède, et son écuyer de
la manche.

— Comment se porte notre cousin? L'avez-vous laissé en bonne
santé?

— Comment l'aigle royal pourrait-
il vivre, l'aile brisée et sous des bar-
reaux de fer, madame? Dieu préserve
Votre Majesté de jamais connaître la
douleur qui courbe une tête royale,
lorsqu'elle est touchée par la main
d'un sujet!

—Oh! oui, mon Dieu, cette douleur est grande! dit Anne d'Autriche
profondément émue. — Avez-vous
quelque chose à me dire de la part
de Son Altesse?

—Je ne suis pas encore appelé
par mon âge et par les services ren-
dus à mon pays, à être ambassadeur
auprès d'une grande reine. Un tel
emploi conviendrait à mon père et
aux illustres conseillers de l'état qui
aident au roi à gouverner la Pologne;
mais Dieu a voulu que je me trouve
devant Votre Majesté, et c'est en son
nom que je vous parlerai, madame.
Puisse-t-il donner assez de poids à mes
paroles pour vous intéresser en faveur de mon prince et de l'infortunée maison de Wasa. Puisse Votre
Majesté venger d'un indigne traitement un fils de roi, un de ses pa-

rens, un petit-fils de Philippe de
Bourgogne, un des descendans du
roi de Castille, votre ancêtre! La
bonté que le ciel vous a départie en
même temps que la beauté et la sa-
gesse, vous engagera, madame, à
vous interposer auprès du roi Très-
Chrétien afin qu'il épargne un inno-
cent, et qu'il ne livre pas le rejeton
de tant de rois à la haine d'un par-
venu!...

— Oh! c'en est trop, c'en est trop!
dit la reine en se cachant le visage et
en se jetant sur le sein de mademoiselle de Lafayette.

— Epargnez Sa Majesté, dit Cinq-
Mars avec quelque trouble. Songez
que la moindre émotion peut en ce
moment lui devenir funeste.

—Il n'a que trop bien parlé! s'écria

mademoiselle de Lafayette. La comtesse de Valois, dans cette lettre que j'aurai l'honneur de communiquer à Votre Majesté, se plaint aussi de l'indigne traitement que supporte le prince à Salon, et elle excuse le comte d'agir ainsi, en alléguant les ordres exprès du cardinal de Richelieu.

En entendant prononcer ce nom, la reine parut éprouver une émotion douloureuse; elle se dégagea des bras de mademoiselle de Lafayette, et s'avançant d'un air majestueux, elle regarda fièrement le jeune Polonais qui se tenait devant elle, les yeux étincelans et la poitrine agitée. La fierté et la compassion semblaient se combattre dans le cœur de la reine. Les menées, la politique tortueuse de Mazarin, les fausses idées de dignité royale et une minutieuse

dévotion, n'avaient pas encore enve-
loppé le cœur d'Anne d'Autriche de
cette cuirasse impénétrable qui, plus
tard, la rendit sourde aux cris de
détresse du peuple et aux sentimens
de son sexe qu'elle éprouva si souvent avec force. La froideur de son
époux, l'orgueil de son ministre
avaient agité son âme; elle n'était,
en ce moment, qu'une charmante
femme, souffrante, outragée comme
sœur et comme épouse, offensée
comme princesse de cette maison
d'Autriche qui avait donné des reines
à la France et à l'Espagne. Le despo-
tisme que, plus tard, gouvernée par
les conseils d'un prêtre italien, elle
essaya d'établir d'une main tremblante, elle le haïssait du fond de
son cœur, alors qu'elle en était elle-
même la victime, et que le plus ancien trône de la chrétienneté ne la

garantissait pas d'une odieuse inquisition et des humiliations publiques. Ce n'était pas encore la régente du temps de la Fronde, qui sacrifiait l'amour de ses peuples à l'indigne Mazarin ; c'était l'épouse infortunée de Louis XIII, menacée par Richelieu d'une répudiation flétrissante et d'une pénitence dans un cloître, une femme intéressante par ses malheurs et sa beauté, adorée en secret et sans espoir par plus d'un héros, qui apparaissait en ce moment devant Samuel Opacki, le fidèle serviteur du prince de Pologne.

La reine lui dit d'une voix ferme et avec une expression qui unissait la chaleur d'une âme offensée à la dignité royale : Vous ne nous avez pas déplu par votre message, monsieur. Anne d'Autriche, la reine de

France, ne s'irrite pas de la franchise
guerrière d'un gentilhomme dévoué
à la maison de son roi, et nous en-
vierions le prince dont le trône est
entouré par de tels serviteurs, si
nous n'étions convaincue qu'en
France aussi plus d'un cœur bat dans
une noble poitrine pour le sang de
Saint-Louis. C'est avec raison que
vous avez réclamé notre protection
et notre appui en faveur d'un prince, notre parent, et pensé que nous
prendrions part à l'affliction qu'il
ressent de l'audace d'un sujet qui a
osé porter la main sur une personne
royale. Mais de semblables atten-
tats sont devenus communs de nos
jours...

—Je puis donc porter à Son Altesse
l'assurance des gracieuses dispositions de Votre Majesté, dit le staroste

d'une voix modeste, mais animée :
lui dire qu'un rayon de lumière est
tombé sur son cachot, et qu'il n'a
pas à craindre que ses maux soient
portés à l'excès avant que le secours
ou une vengeance tardive n'arrivent
de l'extrémité du monde...

— Écoute-moi, dit Anne d'Autriche visiblement agitée. Il sera péni-
ble pour une infante d'Espagne et
pour l'épouse du roi Très-Chrétien,
de dire ce qu'on devrait cacher; mais
il ne faut pas que vous reparaissiez
devant votre maître sans consolation
et sans espérance; il ne doit pas
croire que tous les cœurs en France
sont fermés à la justice et à la compassion; je ne veux pas qu'il doute
de l'intérêt qu'il inspire à sa parente
et qu'il se croye abandonné sur cette
terre inhospitalière. Si le sort du

prince était dans mes mains, vous
pouvez croire, monsieur, que les
portes de sa prison s'ouvriraient aujourd'hui même et qu'il serait reçu
dans le Louvre, cet ancien asyle des
princes opprimés, comme il convient
à sa naissance. Mais il n'en est pas
ainsi; loin que la parole d'Anne d'Autriche puisse briser ses chaînes, je
ne saurais dissimuler que c'est à moi
que s'adresse cette nouvelle offense,
et que l'on ne persécute dans votre
maître que le fils d'une archiduchesse
et.... mon parent. Cependant, et por-
tez-lui ces paroles royales, tant que
la couronne des lys restera sur ma
tête, et que l'on n'aura pas commis
le dernier attentat sur ma personne,
jamais la vie du prince ne sera en
danger: dites-lui bien que je le promets sur le précieux gage que je
porte dans mon sein!

— Que Dieu bénisse Votre Majesté pour des paroles aussi consolantes ! s'écria Opacki; qu'il confonde vos ennemis et qu'il vous élève au comble du bonheur.

— Plus d'une personne, dit Cinq-Mars, souhaiterait d'être dans les chaînes, si elle avait ainsi le bonheur d'exciter la pitié de ma royale maîtresse.

— Vous, du moins, ne le souhaitez pas, répondit la reine en souriant tristement; ma pitié ne vous sauverait peut-être pas au temps du danger. Mais vous, mademoiselle de Lafayette, vous avez entendu tout ce qui vient de se passer, ayez la bonté, dès que vous en aurez l'occasion, de le faire savoir au roi, autant du moins que cela ne compromettra pas ce

jeune gentilhomme. Dites aussi à Sa
Majesté, ajouta-t-elle en élevant la
voix, quel gage j'ai donné au prince
de Pologne!

— Comment, dit mademoiselle de
Lafayette en rougissant et les yeux
baissés, mes paroles pourraient-elles
obtenir ce que vous seule, madame,
avez droit d'exiger du roi? Mais c'est
l'ordre de Votre Majesté, et je dois
obéir.

— Vous resterez à Paris jusqu'à ce
que le conseil ait décidé au sujet de
Son Altesse Royale, dit la reine à
Opacki; et tant que vous serez ici,
nous vous permettons d'aller vous
informer de ce qui se passe chez le
grand écuyer de France ici présent,
et chez mademoiselle de Lafayette si
elle veut y consentir.

— Vous reviendrez encore une fois, monsieur, dit mademoiselle de Lafayette d'une voix douce, puisque Sa Majesté l'ordonne, et vous permettrez que je vous remette une réponse pour madame la comtesse de Valois.

Les deux seigneurs s'inclinèrent et sortirent pour se rendre dans l'appartement du grand écuyer où ils passèrent la nuit à s'entretenir auprès de quelques flacons de vin d'Aï.

CHAPITRE X.

Le Conseil.

Les efforts et les éloquens discours de Basio restèrent long-temps sans effet; et Nicolas Dembski, staroste de Wraclawck, que Wladislaw IV envoya en France lorsqu'il apprit par

Bassanet le destin de son frère, ne parvint que fort tard à remettre au cardinal de Richelieu la lettre par laquelle il lui demandait l'élargissement de Jean Casimir.

Le sort des armes avait à cette époque favorisé la France et la Suède. L'armée de l'empereur avait été battue à Bouchain, et celle de Louis XIII, commandée par le maréchal de Guébriant, avait passé le Rhin et assiégeait Brisach. Les cours de Vienne et de Madrid résolues à faire tête à l'ennemi, avaient envoyé un nombreux corps de troupes sous le cardinal-infant et le prince Piccolomini pour délivrer cette ville et Saint-Omer qui était vivement menacé par les Hollandais. Le cardinal de Richelieu avait emmené son esclave couronné à Amboise, pour le montrer à l'ar-

mée, et le sort de l'Europe semblait
encore indécis comme il était déjà
souvent advenu dans le cours de la
guerre de trente ans. Le cardinal
avait fait annoncer, avant que de
partir, aux envoyés étrangers, que le
roi les dispensait de l'accompagner;
et Andréa Basio continua de rester
à Paris. Le temps s'écoula en vaines
démarches auprès des secrétaires d'é-
tat Chavigny et des Noyers, et en né-
gociations sans fruit avec le nonce
Saluzzi, et l'envoyé de Gênes, à qui
le pouvoir de délivrer le prince manquait plus que la volonté. Nicolas
Dembski trouva le ministre à Péronne
où il était occupé à rassurer les Pi-
cards effrayés, et à prendre en toute
hâte des mesures pour préserver
l'intérieur de la France de l'invasion
de la formidable armée austro-espa-
gnole. Les réponses du cardinal fu-

rent insignifiantes et évasives. Il
répéta les accusations qu'on avait
portées contre le prince, et donna
l'espérance qu'en considération de
son frère, on le mettrait en liberté
vers la fin de l'année, sous la condition qu'il retournerait immédiatement en Pologne.—Cependant, ajouta
le cardinal, comme cette décision dé-
pendait entièrement de la volonté du
roi, à qui les envoyés du roi de Pologne devaient directement s'adresser,
il ne pouvait, par lui-même, rien pro-
mettre. Toutefois, il enverrait à Salon auprès du prince prisonnier un
personnage de haute naissance pour
le divertir par les plaisirs de la pê-
che, de la chasse et autres passe-
temps.

Dembski vivait fort découragé à
Paris où se trouvait déjà le roi de re-

tour de son voyage d'Amboise. Les
deux envoyés poursuivirent leur tâche sans se laisser décourager. Cependant le temps s'écoulait, et Andréa Basio n'avait trouvé aucun
moyen pour remettre au roi la lettre
de Jean Casimir, et le secrétaire de
la couronne de Pologne, Dembski
s'efforçait en vain d'obtenir une au-
dience, car le cardinal de Richelieu
avait ordonné à Chavigny de lasser
sa patience.

Samuel Opacki se rendit souvent
chez le grand écuyer qui le reçut
fort amicalement, mais lui laissa peu
d'espérance. — Vous avez raison, dit-
il à son jeune ami, en s'apercevant
de son chagrin, vous n'avez que trop
raison d'être inquiet des dispositions
du roi à l'égard de votre prince. Depuis son voyage de Péronne, celui

que vous connaissez n'a rien négligé pour l'animer contre Jean Casimir. Le bruit public représente votre maître comme un prince hardi, fier de sa naissance et de la bravoure qu'il a montrée, supportant difficilement toute contrainte; il a été facile au cardinal de représenter un tel homme comme un ennemi dangereux. Les projets de Richelieu ne sont pas encore mûrs, mais je crains que votre maître ne soit dans un grand danger.

Quelque fut la justesse des prévisions de Cinq-Mars, les promesses que le cardinal avait faites à l'envoyé du roi Wladislaw ne s'accomplissaient pas. Aucun seigneur de la cour ne s'était présenté dans la retraite de Jean Casimir; c'était toujours le capitaine Chantereine qui exerçait sur

lui sa surveillance, et loin de chercher à adoucir l'ennui de sa captivité, il redoublait plus que jamais
de grossièreté et de rigueur.

La peste s'était montrée à Salon.
Ce fléau avait déjà produit des ra-
vages dans la ville et ses environs, et
quelques personnes de la suite du
prince, parmi lesquelles se trouvait
Henri Korff, staroste de Réval, chambellan du prince, avaient succombé
aux atteintes de cette maladie. Ce
fut en vain que Buttler et l'abbé
Alexandre demandèrent l'éloignement de Jean Casimir; on le retint
impitoyablement dans la ville infes-
tée par des miasmes mortels.

Ces nouvelles étaient parvenues à
Paris, aux serviteurs du roi de Pologne, dans la demeure qu'ils s'étaient

choisie rue Sainte Croix-des-Petits-
Champs. Les lettres qui étaient éten-
dues sur la table, les craintes du grand
écuyer, la froide réserve que montraient le roi et son ministre, faisaient
le sujet de leur conversation. Ils parlaient aussi de la guerre qui avait pris
une nouvelle tournure. Les talens et
le bonheur du prince Piccolomini
avaient réduit à rien tous les avantages qu'avaient obtenus les armes
françaises dans la dernière campagne.
Le danger était pressant, et le cardinal se hâtait de rassembler toutes
les forces du royaume pour se présenter devant l'ennemi en Alsace et
dans les Pays-Bas, tandis que Louis,
mécontent de lui-même et du monde,
passait, dans une agitation continuelle, de Paris à Saint-Germain, et
de Saint-Germain à Fontainebleau,
revenant de là au Louvre, et cher-

chant, en se livrant aux fatigues de
la chasse et des voyages, à donner
l'apparence de l'activité à la triste
oisiveté à laquelle il s'était condam-
né. Les ennemis du cardinal parmi
lesquels se trouvaient la propre famille du roi, ses courtisans les plus
assidus, s'efforçaient de profiter de
l'absence du ministre pour arracher
au roi le renvoi du ministre, ou du
moins pour affaiblir son crédit.

Monsieur Gaston de France, duc
d'Orléans, aussi peu semblable à
Henri IV que son frère, s'était placé
avec timidité et sans vigueur à la
tête des mécontens; sous la main et
la direction équivoque de son conseiller intime l'abbé de la Rivière,
les justes réclamations de la nation,
la mâle résistance des grands du
royaume, s'exhalaient en lâches mur-

mures et en intrigues ténébreuses
aussi méprisées du cardinal qu'elles
méritaient de l'être.

En vain Louis XIII jurait-il au
fond des appartemens les plus retirés du palais, à ses serviteurs intimes
qu'il haïssait mortellement, ce prêtre
orgueilleux, en vain assura-t-il plusieurs fois dans un jour qu'il était
las de le voir gouverner, et qu'à
compter de ce jour même, il pren-
drait lui-même le sceptre et serait enfin roi. Le cardinal qui de Péronne
où il était, entendait chaque parole
que l'on prononçait dans le Louvre,
revint aussitôt à Paris. Dès la première entrevue qu'il eut avec le roi,
Louis confessa humblement le crime
qu'il avait commis envers la toute-
puissance de son ministre, et désigna
tous ses complices. Le cardinal vou-

lut bien se contenter de cet aveu, et
se borna à quelques reproches amers
sur ce qu'il nommait une trahison ;
mais sa vengeance insatiable mar-
qua en silence du signe de mort ceux
qui avaient osé écouter les plaintes du
monarque.

Gaston d'Orléans racheta par une
flétrissante soumission l'arrêt de ban-
nissement où même de mort, dont
le cardinal menaçait le frère de son
roi ; il livra ses amis et ses serviteurs
à ce prêtre offensé, sacrifiant indif-
féremment son honneur à la sûreté
de ses jours.

Nos Polonais s'étaient longuement
entretenus de toutes ces choses, et
ils ne pouvaient se dissimuler, que
dans de semblables circonstances, il
y avait peu à espérer pour le frère

de leur roi. La terreur et la défiance planaient au-dessus du Louvre, et l'on ne pouvait s'attendre à trouver un protecteur, lorsque chacun tremblait pour sa tête.

— L'été approche de sa fin, dit Nicolas Dembski, et nous ne voyons pas encore ombre de ce que le cardinal nous a promis. La captivité du prince ne prend pas de terme. Depuis deux mois et demi, je suis à Paris, monsieur de Polaniec, et il semblerait bien extraordinaire à nos frères de Pologne d'apprendre qu'il fallut tant de temps à un gentilhomme d'antique maison, revêtu de grands emplois, pour présenter au roi Très-Chrétien une lettre de son souverain. Je m'étais souvent laissé dire dans ma jeunesse que le roi de France, était comme le nôtre, *primus inter pares* (1), et Henri IV (que Dieu ait son âme!) a souvent pris ce titre qu'il regardait comme le plus beau de tous. Mais le cardinal a changé tout cela pour la ruse et la violence. Je ne puis le nier, messieurs et amis, lorsque le cardinal me parla à Péronne, j'espérais un prochain résultat; mais peu de jours ont suffi pour me convaincre que ses paroles étaient trompeuses, et qu'il avait voulu me jouer en me renvoyant au roi, attendu qu'aucune porte ne mène à Sa Majesté que celle dont il a la clef.

— Vous n'avez que trop raison, monsieur le secrétaire de la couronne, répondit Andréa Basio, et j'ai éprouvé les mêmes tribulations;

(1) Le premier entre ses pairs.

mais je me repose comme toujours
sur le célèbre axiôme politique, que
la patience et la persévérance finis-
sent toujours par mener au but;
comme les gouttes d'eau qui, à la
longue, percent le rocher. Je ne m'é-
loignerai pas ici de ce système. Déjà
en dépit de ma dignité de docteur
et mon éloignement natif pour tous
les exercices violens et les tours d'a-
dresse chevaleresque, j'ai suivi par
voies et par chemins, et non sans
danger, le roi dans toutes ses chas-
ses afin de trouver l'occasion de lui
présenter la lettre de mon gracieux
maître. Mais hélas jusqu'ici mes efforts ne m'ont pas encore fait réussir,
car je suis toujours arrivé trop tard
au hallali (1) et après tous les autres.

(1) C'est le moment où le gibier se trouve
forcé.

— C'est ce que je crois volontiers, dit Opacki en riant ; le cheval et le cavalier ne courront jamais assez vite pour attraper le roi dans un bon moment. A mon gré une députation de la noblesse, de la couronne et du grand duché, accompagnée d'une centaine de mille braves Polonais et d'un pulk de Cosaques Zaporowes, réussirait mieux que vous, monsieur le docteur ; et si j'étais le roi Wladislaw, au lieu de l'honorable seigneur Dembski, j'aurais envoyé une ambassade de ce genre.....

— Si vous étiez le roi Wladislaw, dit le secrétaire de la couronne, vous seriez comme lui, et vous laisseriez là ses projets. Avez-vous oublié nos voisins de Suéde avec qui nous avons conclu récemment une paix plâtrée, et à qui cette expédition donnerait

beau jeu dans la république? Et quand
même l'empereur nous accorderait
le passage par ses états, pensez donc
aux princes luthériens de l'empire,
dévoués au cardinal qui, tandis qu'il
poursuit en France la nouvelle doc-
trine par le fer et le feu, soutient et
appuie les hérétiques en Allemagne
et dans tout le Nord ! D'ailleurs, mon
jeune sire de Sendomirz, une semblable expédition ne peut avoir lieu
que du consentement des nobles et
des états; et le séjour de notre roi
aux bains de Bade près de Vienne,
la rendrait fort éloignée et incertaine.
Souhaitons que ce voyage nécessaire
à la santé du roi, n'ait déjà pas de
fâcheux résultats pour nous.

— *Hic hæret aqua*, dit Basio avec
son air d'importance habituel. C'est
là le point difficultueux, et je me ré-

jouis fort, M. le protosecrétaire et
staroste, que vous mentionniez cette
circonstance sur laquelle, moi Andréa Basio, je n'osais m'ouvrir en
présence d'un personnage aussi éclairé. Je pense donc, avec votre ap-
probation, monsieur le conseiller
Dembski, que nous devrions, avant
que la nouvelle officielle de ce voyage,
qui peut faire la plus mauvaise impression sur la cour de France, ne
parvienne ici, nous hâter d'appliquer
mon système de persévérance; je me
propose donc pour pénétrer en nouveau Scévola, dans la tête de Por-
senna.....

— Je vous souhaite beaucoup de
bonheur, dit Opacki, seulement si
vous vous remettez à chasser au roi,
je vous conseille, monsieur le conseiller, de mieux éperonner votre

cheval que vous ne l'avez fait à Ram-
bouillet.

— Croyez-vous M. l'écuyer de la
manche, répondit l'Italien un peu
piqué, que, parce que vous avez réussi
en aimable gentilhomme auprès du
grand écuyer et des dames de la
cour, il ne reste aucune chance à un
licencié de l'université de Padoue.
Il faut que vous sachiez que pour
réussir auprès de Sa Majesté qui
est un homme froid et réfléchi, et
auprès de ses ministres qui sont
pleins d'expérience et chargés d'années, ce n'est pas avec des gestes de
soldat et des discours emportés qu'il
faut se présenter; mais bien avec le
ton flegmatique de l'éloquence di-
plomatique, que l'on prend dans la
célèbre ville de Padoue, et non dans
les palais des starostes de Pologne....

— Au fait, dit Nicolas Dembski, en interrompant l'orateur, je ne vois pas ce que vous auriez de mieux à faire, messire Basio; et s'il convenait à l'envoyé d'une tête couronnée de faire ce qui est permis au serviteur d'un prince qui, quel que soit son rang, n'est qu'un sujet....

— Pour moi, dit Samuel Opacki mécontent; je voudrais être de retour à Salon. La réserve de mademoiselle de Lafayette et l'air inquiet de M. de Cinq-Mars me laissent peu d'espoir de rapporter autre chose au prince que la faible consolation des paroles affables de la reine ...

— Ce n'est pas peu de chose, reprit Dembski, et plût au ciel que nous en eussions fait tous autant que vous. La caution qu'Anne d'Autriche a

donnée pour la vie de son cousin, ne
peut manquer de faire son effet sur
l'âme de Louis, dont l'oreille est ouverte à tous les pronostiqueurs et
aux astrologues. Le cardinal aura
plus de peine à vaincre le penchant
du roi à la superstition, qu'il n'en a
eu à surmonter ses plus nobles sentimens.

CHAPITRE XI.

Le Château de Saint-Germain.

Quelques jours après cette conférence, Andréa Basio se trouvait
dans le nouveau château de Saint-
Germain. Les escaliers et les galeries
étaient encombrés de gardes suisses

de valets affairés et de courtisans
oisifs. Le roi était attendu avec la
reine. Le secrétaire intime se tint
modestement dans un coin de la
grande galerie, les yeux invariable-
ment fixés sur la porte. — Plusieurs
seigneurs qui l'avaient vu aux chas-
ses de Fontainebleau et de Ram-
bouillet, et même au Louvre, passaient et repassaient devant lui ;
mais le clairvoyant Italien crut s'a-
percevoir qu'ils évitaient ses regards
et qu'ils doublaient le pas lorsqu'ils
approchaient de l'endroit où il se
trouvait. Il ne se laissa pas troubler
par cette remarque, et seulement
de temps en temps, lorsque le tumulte augmentait à la porte, il portait la main à sa poitrine, comme
pour s'assurer de la présence d'un
objet qu'il avait caché dans son sein.
Tout-à-coup les courtisans s'écarté

rent avec empressement de droite et
de gauche, et messire Bouthillier de
Chavigny, secrétaire d'état aux affaires étrangères s'avança vers Basio,
d'un air sombre et marchant grave-
ment.

— Comment se fait-il qu'on vous
voie ici, monsieur le secrétaire? demanda-t-il d'un ton peu encoura-
geant. Quel motif vous amène à
Saint-Germain?

— Le désir de voir ce château fâ-
meux, monseigneur! répondit froidement maître Andréa. Comme mon
affaire doit être bientôt expédiée,
ainsi que vous me l'avez promis, et
que je dois quitter la belle ville de
Paris, j'ai pensé qu'il ne serait pas
fort honorable pour un homme qui
a voyagé comme moi, et pour un li-

cencié avide de voir, de ne pouvoir
répondre quand on l'interrogerait
sur la magnifique vue qu'on a sur la
terrasse.

—Sur ma parole, répondit Chavigny, il vous restait assez de temps
pour que vous pussiez choisir un autre jour que celui où Sa Majesté se
trouve ici ; car généralement ce n'est
pas dans ces momens là qu'on per-
met aux étrangers de satisfaire leur
curiosité.

—Il n'est pas hors de propos, monseigneur, de vous faire souvenir de
ce que vous n'ignorez pas sans doute,
à savoir que moi, autant que certains
grands personnages, ne sommes pas
venus volontairement en France pour
satisfaire une curiosité blâmable, mais
plutôt contre la volonté de ladite per-

sonne et la miennne propre. J'ajou-
terai aussi que conformément au *jus
publicum* qui est en vigueur à l'université de Paris, d'après les *collectanea*
conservés à Padoue, ma célèbre patrie, et en vertu de l'humble caractère
public dont je suis maître, ayant eu
l'honneur de traiter à Paris, et spé-
cialement avec vous, monseigneur,
d'affaires importantes, je ne dois
pas être compté parmi les voyageurs
ordinaires auxquels on refuse ou
l'on accorde à son gré l'entrée des de-
meures royales. D'ailleurs, la présence du maître donnant un nouveau
lustre à la maison, je n'aurais pu choisir un meilleur moment pour visiter le
magnifique château de Saint-Germain
que celui où le roi s'y trouve, et où
sa venue en fait déployer toutes les
richesses et ressortir tous les avantages.

Dès les premières phrases de ce discours, messire de Chavigny s'était déjà retourné avec impatience, et Andréa qui n'aimait pas à laisser interrompre ses périodes, termina son allocution en s'adressant aux rieurs attroupés autour de lui. Tout à coup, un grand bruit qui se fit entendre à l'extrémité de la galerie, dispersa le groupe, et au tumulte qui régnait dans la salle, succéda un respectueux silence.

Le capitaine des gardes de quartier se présenta à la porte de la galerie, sa canne à la main, et la faisant retentir sur le pavé de marbre, il s'écria : Le roi, messieurs ! Faites place à Leurs Majestés !

Immédiatement après, parût, entouré d'un grand nombre de dames et de seigneurs , et marchant d'un pas rapide, Louis XIII, donnant la main à la reine. La couleur pâle et jaunâtre de sa figure, son œil éteint , les rides précoces qui sillonnaient son front et la position négligée de son corps , annonçaient l'abattement moral et physique auquel il était en proie. Il s'avança en silence , parcourant d'un regard insignifiant la multitude, et séparé de la reine, qui bien qu'ayant dans son état de grossesse, beaucoup de peine à suivre la marche précipitée de son époux , ne laissait pas que de répondre avec grâce aux profondes inclinations des courtisans. Lorsque le couple royal fut arrivé à la porte de la galerie qui conduit au vieux château qu'habitait Anne d'Autriche, le roi abandonna la main de sa femme en lui faisant un léger salut de tête et se tourna vers Châteauneuf, le garde-des-sceaux qui s'approchait en ce moment, sans faire attention à la profonde et cérémonieuse révérence par laquelle la reine répondit à son salut négligent. Puis, Anne d'Autriche prit le bras de sa dame d'atours, la marquise de Sénecey, et, appuyée sur elle, disparut dans le corridor, avec les dames et les gens de son service.

Louis XIII avait échangé quelques paroles avec le garde-des-sceaux qui était un de ceux à qui le cardinal avait confié la conduite du roi pendant son absence, et il semblait attendre que quelqu'un vînt à lui. Le chancelier Séguier se hâta à quitter le duc Sully son gendre avec qui il parlait à voix basse, pour s'approcher du roi, lorque Basio, prenant courage, sor-

tit de la foule , s'inclina profondément en tirant de son sein un papier
plié , dit d'une voix forte : « Sire,
voici une lettre du cousin de Votre
Majesté, Son Altesse Royale le prince
Jean Casimir, qui a été arrêté et mis
en prison ; sans doute à l'insçu et sans
les ordres de Votre Majesté. Il vous
adresse la présente réclamation par
moi, son très-humble serviteur et secrétaire , licencié des deux droits à
Padoue, en priant respectueusement
Votre Majesté de daigner la lire, et
punir vos ministres en fonctions ,
pour les procédés indignes qu'ils se
sont permis envers un prince du sang
royal. »

Aux premiers mots que prononça
Basio , le roi s'était involontairement
avancé pour voir le suppliant ; mais
pendant le discours du secrétaire,

une légère rougeur couvrit ses joues,
il fit craintivement quelques pas en
arrière, se retourna sans répondre
une parole et sembla vouloir se retirer au milieu des courtisans stupé-
faits. Ceux-ci s'étant retirés avec respect de chaque côté, le roi jeta un
regard timide sur le docteur qui, tenant toujours sa lettre élevée, faisait
mine de vouloir le suivre, s'approcha
de la porte de ses appartemens, saisit le bouton d'une main tremblante
et disparut aussitôt.

Ce qui venait de se passer était
inouï jusqu'alors. Jamais depuis que
l'évêque de Luçon avait succédé au
connétable de Luynes dans l'exercice
du pouvoir suprême sur la France et
son roi, alors même que la tyrannie
du cardinal brisait l'orgueil des princes du sang et écrasait d'une main

pesante les prétentions des grands,
jamais une plainte, jamais un appel
à la justice du roi, n'avait retenti
dans ces salles. Les assistans regardaient avec effroi et en tremblant,
comme on contemple une créature
merveilleuse qu'on aperçoit pour la
première fois, l'Italien qui tenait ses
yeux fixés sur la porte par laquelle
le roi avait disparu, et s'occupait
tranquillement à remettre sa lettre
dans l'enveloppe de velours rouge
d'où il l'avait tirée.

La porte des appartemens, s'ouvrit de nouveau, et le comte de
Trêmes, lieutenant-général dans l'armée et capitaine des gardes de service, parut, le visage enflammé de
colère. Il tenait dans une main le
bâton qui indiquait sa dignité, et de
l'autre, il enfonça sur son front cou-

vert de sueur, son chapeau chargé de plumes flottantes : « Le roi, dit-il, presque hors d'haleine au secrétaire intime du prince de Pologne, le roi est surpris au plus haut degré, monsieur, de l'audace avec laquelle vous vous êtes approché de sa personne sacrée, pour lui présenter une lettre à lui-même ! Il se peut que ce soit l'usage en Pologne; mais ici cela sort de toutes les convenances. Si vous aviez une lettre à remettre à Sa Majesté, il convenait de la déposer chez le sieur de Chavigny, et je dois vous dire, monsieur, que la volonté du roi est que vous ne vous présentiez plus à Saint-Germain, ni en aucun lieu où il réside. »

— Vous remarquez fort justement, messire le général et capitaine

des gardes, dit Basio avec son calme
et son assurance ordinaires; vous remarquez fort justement qu'il se peut
que vos usages diffèrent de ceux de
la Pologne, l'empire du très-auguste
Uladyslaus. Pour lui, il pense qu'il est
très-convenable qu'il prenne connai-
sance de toutes les accusations que
l'on a à porter contre ses ministres
et les autres fonctionnaires de l'état,
afin qu'il puisse en faire justice avec
l'assistance de ses pairs et des états,
ce qui soit dit en passant ne me sem-
ble pas un des attributs de la royauté
qui soit le plus à dédaigner. Cependant je n'ignore pas combien les usages de ce pays diffèrent en ce point
des nôtres; aussi pour m'y conformer,
je me suis adressé à plusieurs repri-
ses, et j'oserai dire un nombre infini de
fois à son éminence monseigneur le
cardinal, et à messire le sécretaire-

d'état de Chavigny que voilà là fort
près de nous ; mais toutes mes démarches ont été vaines. De jour en
jour, la captivité de mon auguste
maître devenait plus rigoureuse, et
les miasmes pestilentiels qui règnent
à Salon, menacent sa précieuse vie,
des plus grand dangers. Je dois donc
humblement insister, et cependant
avec instances, pour qu'on accorde
une autre résidence à Son Altesse.
Si contre ma pensée et mes desseins,
j'avais commis une inconvenance en
me présentant à Saint-Germain, je
supplierais monseigneur le comte de
Trêmes, avec tout le respect convenable de m'excuser; mais je l'assurerais
en même temps, que lorsqu'il s'agit
de la santé et de la vie de Son Altesse,
je ne me laisserai pas arrêter pas l'air
de mécontentement de monseigneur
le ministre et des autres personnages

de cette cour, dans ce que me com-
mande mon devoir, et le *jus publicum* dont j'ai étudié tous les principes
à la célèbre université de Padoue, ma
patrie.

Le comte de Trêmes n'avait pas
écouté sans satisfaction le discours un
peu prolixe du secrétaire. Le dévouement sans bornes qui éclatait dans
sa conclusion, le toucha : « Ce que je
vous ai dit, répondit-il à voix basse,
je vous l'ai dit au nom du roi. Je vois
bien que vous êtes un homme d'honneur, monsieur le secrétaire, et je
vous conseille maintenant en ami,
d'échapper à l'orage qui vous menace, et de partir promptement de
St.-Germain où rien de bon ne vous
attend. Vous pourrez toujours faire
ensuite ce que vous commandent
votre loyauté et la science que vous

avez puisée dans l'université de Padoue. Soyez assuré que je désire vous
voir réussir dans votre noble entreprise. »

— Je vous suis humblement obligé
de votre bonté, répondit Basio en
s'inclinant profondément; et je con-
sens à me retirer. Mais je n'irai pas
plus loin, et je me promets, avec
l'aide de Dieu, d'aller rendre à plusieurs de ces messieurs,— ici il éleva
la voix en jetant de côté un regard
sur Chavigny, — mes respectueux
devoirs matin et soir, à midi et à mi-
nuit, jusqu'à ce qu'il leur plaise de
remplir leur devoir à mon égard; à
moins qu'ils ne préfèrent m'assigner
un logement dans la Bastille ou autre
lieu de retraite, ce qui ne m'étonne-
rait pas, et un pauvre serviteur,
qui a vu la tête royale de son maître

atteinte du même sort, ne pourrait
s'en plaindre.

Saluant alors amicalement et avec
respect l'assistance, il sortit à pas
comptés de la galerie.

FIN DU PREMIER VOLUME.

TABLE DES CHAPITRES.

COLLECTION
DES ROMANS ALLEMANDS
Traduits par M. Loève-Veimars.

(1ʳᵉ SÉRIE.)

ROMANS DE C. F. VANDERVELDE.

www.ingramcontent.com/pod-product-compliance
Lightning Source LLC
Chambersburg PA
CBHW070512030726
47503CB00004B/1246